U0502151

地狱之花

〔日〕永井荷风 ——— 著

潘郁灵 ——— 译

中国出版集团　现代出版社

图书在版编目（CIP）数据

地狱之花 /（日）永井荷风著；潘郁灵译. —北京：
现代出版社，2021.8
ISBN 978-7-5143-9264-7

Ⅰ. ①地… Ⅱ. ①永…②潘… Ⅲ. ①中篇小说—小说集—日本—现代
②短篇小说—小说集—日本—现代 Ⅳ. ①I313.45

中国版本图书馆CIP数据核字（2021）第122737号

地狱之花

作　　者：［日］永井荷风
译　　者：潘郁灵
责任编辑：申　晶　朱文婷
出版发行：现代出版社
通信地址：北京市安定门外安华里504号
邮政编码：100011
电　　话：010-64267325　64245264（兼传真）
网　　址：www.1980xd.com
电子邮箱：xiandai@cnpitc.com.cn
印　　刷：三河市中晟雅豪印务有限公司

开　　本：880mm×1230mm　1/32
印　　张：9.25
字　　数：168千字
版　　次：2021年8月第1版
印　　次：2021年8月第1次印刷
书　　号：ISBN 978-7-5143-9264-7
定　　价：49.80元

目录

地狱之花

一

　　五月的第二个星期天，下午阳光灿烂，只是眼看就要收敛起来。园子牵着小秀男的手，沿着向岛的白髯堤慢慢走来，脚步有些疲惫。

　　正是一年中最美的时节，大自然如同娇俏的处女恣意地展露姿容。大堤上，田野里，道路旁，四处望去，鲜嫩的树叶和青草散发着柔和的光泽，仿佛披上了天鹅绒外衣，美得难以形容。宽阔的隅田川宛如一条鲜亮的浅黄色缎带，绣满了细小的波纹和白色的水鸟。天空细滑更甚丝绸，大地本就鲜艳多彩，而初夏的太阳为世间万物更添一层金黄，让它们显得越发美妙动人。

　　河面吹来微风，似乎还带着绿叶的清香。园子任它吹动自己的英式卷发，只顾欣赏安定平和却又充满生机的河堤风景，心中一片悠然，那是一种女性特有的柔软情感。微风似乎将她平日里的拘谨（虽然她自己从不觉得有什么拘谨）束缚全都吹走了，园子沉浸于这安闲、舒适之中，不知不觉陷入了幻想。她似乎完全忘记了手中牵着的少年，任由双脚带着自己走动。不一会儿，回过神来的园子看了看身边的秀男，他依旧是那副病恹恹的样子，有气无力地拖着双脚往前挪，没有一点儿活力。园子想要说些什么来打破两人之间的沉默，恰巧眼前出现了一所宅院，大门楼儿前睡着一条黑狗。园子指着它说："秀男快看，那是不是猎狗？"

"唔，那是姐姐家的狗。"少年见惯不惊地答道。说完，抬起头看着园子，"老师，这是我姐姐住的地方，以前是我家的别墅。"

"哇，真的呀？这房子真漂亮！"园子倒是听别人说起过黑渊家在向岛有栋别墅的事情，只是从没亲眼见过。

"老师还没见过我姐姐吧？"少年似乎稍稍打起了精神，"我们去她家玩一会儿吧？"

"我还没有见过她呢，而且天马上就要黑了，下次再去吧。"园子说完，静静地看着堤下的宅院。

高高的围墙里面树木繁茂，如森林一般完全遮住了房顶。单看这片苍翠树木的占地面积，便能猜出宅院内部定是大得无法估量，且十分幽静。即便是平常对财富二字不屑一顾的园子，此时也不觉生出一种敬意，继而是一种好奇：不知如此美丽的宅院里面住的该是何等姿容的女子？

"你姐姐还是单身吗？"园子终于忍不住开口问道。

"对，就她一个人住在这儿。"

"她今年多大了？"

"嗯……应该是二十六吧。"

一座寂寞得让人害怕的大宅院里，居然只住着一名二十六岁的女子……园子早已知道黑渊一家被社会强烈排斥，因此，单这一点便立刻让她的心里浮现出种种想象——手握巨大的财富却隐居在这冷冷清清的城市边缘，此人与自己同是女儿身，今后的命运又将如何？园子的心中泛起了些许同情，些许悲伤。正思索间，忽然树丛深处有清幽的琴声透过被微风摇动的细叶飘入耳中，近处的黄莺似乎也被这琴声所吸引，跟着婉转唱和起来。啊！何等悠闲，何等清净！想想在俗世里拼命挣扎，时时感觉力有未逮的自己，园子也不禁为此情此景所深深震撼。这城市里面毁誉不一，纵然攒得一点名声，也要时刻担心不知何时就会受损。冷眼看来，与其为之战到筋疲力尽，倒不如远离社会，身处这安稳俗世外更为幸福……这偶然生出的感慨让园子深深沉浸其中，以至于不曾发现二人机械性的步伐早已将他们送出了五十多米远。园子依然沉浸在感慨中无法自拔，最终，她还是觉得自己不能错失这次机会，无论如何都要与这位隐居在宅院中的女主人做一次深入交谈。这个想法一旦生出，便不断壮大，她终究没能抵住诱惑，回头看看秀男，问道："你姐姐是个什么样的人啊？"

"姐姐嘛……个子很高，和爸爸差不多……"

听到这天真的回答，园子不由得微笑起来。这时，红红的夕阳将最后的余晖洒在河堤上，散步归来的人们都走向同一个方向，身影被拖得很长很长。园子忽然听到身后传来响亮的脚步声，回头一看，一位老绅士正跟她打招呼："你好，在这里活动筋骨吗？"

"是的。"

"天气真好，这样的星期天最适合散步了。"

老绅士似乎已经习惯了随时保持威严，胡须浓密的脸上一副死板的表情，却又刻意用一种轻松随意的语调，显得很不协调。他年纪将近五十，看上去膀大腰圆的，一顶高高的礼帽深扣在头上，又略向后扬起了些许。大衣扣得板板正正，双肩不时耸一耸，生怕它看起来不够挺括。双手一丝不苟地垂在左右，看起来就像一个时刻不会改变认真、严肃和高洁姿态之人。如今虽然身处被嫩叶覆盖的河堤，踏在柔软的草地上，他的脚步却依旧显得郑重其事，仿佛正在走廊上巡视学校各处一般。园子从未从此人口中听到过如此亲切的问候，一时间慌了神，不知该如何作答。和他并肩走了一会儿，确定这果真还是平日里那位严肃、稳重的水泽校长后，园子才渐渐定下心来，回问道：

"您也是出来散步吗？"

"不，我方才去亲戚家办了点事，刚回来。"

"这样啊。我从上野出来，到这边散步。这位就是前些天跟您说过的黑渊先生家的公子。"

园子回望秀男，告诉他这位老绅士就是自己工作的某女子学校的校长，还悄悄帮他取下帽子，让他向校长致礼。水泽校长保持着亲切的微笑，问了秀男的年龄后，又和园子聊了起来，涉及自己对儿童教育的意见，以及女性比男性更适合做家庭教师等话题。园子认识水泽已经快三年，但只在学校的教员室里和他商量过校务方面的事，从来没有闲聊过，因此一直以为他是个严厉甚至有些苛刻、可怕的人。今天他语调轻松地和自己攀谈，让一直认为他苛刻的园子感受到某种温柔的气质，觉得这人倒是很适合做女子教育家。最初他打招呼时的语调让园子有些反感，现在园子已经完全忘了这回事，随着话题的深入，还大胆说出了自己平日里思考的一些对女子教育的意见——比如现在女子教育的方针太过消极，以及需要再进一步发展男女两性之间纯洁、圆满的社交等。

水泽校长听完，不禁点头表示了赞同："当然，我也是这样想的。"转而又略带遗憾地表示自己也认为应当采取积极的方针，但如今社会风气尚不成熟，还不能贸然行动。无论是谁，能够将自己闷在心中许久的意见讲出来，还能获得对方的赞同，恐怕都会喜不自禁。园子自然也是如此，舒畅的心情让她刹那间勇气倍增，甚至忘了揣摩校长的真实想法。

"您说得完全没错。我大胆地说一句：现在的教育中不足之处太多了。如今的女性教育家只要看到精美的衣服和装饰品就大张挞伐，说太过奢侈。以至于女学生们都追求朴素——应该说是追求粗俗——比如她们对岛田髻或是其他漂亮的发髻不屑一顾，蓬散着干涩的头发却还扬扬自得，殊不知这完全破坏了女性特有的美感。对此，我是真心觉得遗憾。而且，我最担心的是这种一心追求学问、缺乏女性特有的温柔美之人，婚后究竟能否尽到女性最大的责任呢？妇女对社会的义务，便在于慰藉丈夫，做好贤内助，建立美满的家庭。应该说，再没有什么比这更重要了吧？我真担忧如今的教育啊。"

秀男的脸上写满了无聊，却也只能无可奈何地跟在两人旁边。园子丝毫没有察觉，只顾将自己的种种想法对水泽校长一一道来。两人边走边谈，不知不觉来到了枕桥前。

"老师，我们回去吧！"秀男看见桥对面等待的马车，仿佛突然来了精神般振奋着大声叫道。恰好，两人的谈话也刚刚告一段落。园子走过桥，来到马车前，恭敬而又不失娇态地向校长道别后，牵起秀男的手打开了车门。

二

这辆单匹马拉的小马车，今天载着园子和秀男跑了半天，先是从上野动物园到浅草公园，又拉着两人到了向岛。车夫挥了一记响鞭，车子便朝吾妻桥方向疾驰而去，将水泽校长抛在了身后。

夕阳如火烧般染红了天空和水面，连正要过桥的马车的窗户上也闪耀着红光。快到小石川水道町的宅邸时，黄昏的余晖已经消失，取而代之的是幽深的夜色。园子扶着秀男下了马车，站在装了大铁门的西式庭院前。铁门柱上闪耀的瓦斯灯和大门口的电灯照亮了门内宽阔的庭院，夜晚的树木也在灯光下显得越发青翠。借着灯光仰望这座二层西式楼房，还能看到紧挨着它的另一栋日式平房宽大的房顶。园子推开大门，径直走进了日式房子里的一个房间。

这里是秀男的自习室，除了一张两脚的书桌和一个书箱，再没有其他引人注目的陈设。园子经好友笹村道三介绍，受聘到黑渊家做家庭教师，到今天也才不过一星期的时间，带秀男去郊外散步也是第一次。最初，园子对这份工作抱持着犹豫的态度，迟迟下不了决心。一提到黑渊家，大多数人都会皱起眉头，因为关于他家的传言实在太多了。虽然都是捕风捉影，没有什么真凭实据，但大家都说这家的主人很久以前曾和西洋人的小妾通奸，借她的手霸占了西洋人的财产。不知是不是这个缘故，尽管黑渊家家财巨万，住着宽敞的豪宅，却一直被社会排斥，不敢抛头露面。园子平常很信任笹村，禁不住他一再央求，只得先征求了自己学校的校长及养母利根子的同意，这才答应下来。于是每天结束了女子学校的授课后，便会来黑渊家指导秀男的功课。从来到黑渊家的那天起，园子就一直忍不住自己的好奇心，想要弄清楚一些事情：这家主人真的是那种卑劣到被外界一直排斥的人吗？这个社会究竟为什么如此排斥黑渊家呢？

和往常一样，吃过女用人送来的晚饭后，园子开始监督秀男读书。临回家前，主人拉开纸门走了进来。

"哎呀，今天真是辛苦了。您一定累了吧？"

"不累，没什么的……"园子一边礼貌地回答，一边静静地看着主人的脸。

和第一次见面时一样，主人穿着秩父绢①的夹衣与和服外褂。他看起来已经快六十岁，须发皆白，但体格健壮，并不显老态。泰然的坐姿散发着威严和沉着，那是拥有万贯家私的人会自然流露出的气质，还隐约透露出些许慨然之气，似乎他曾被社会沉重打击，又拼命反抗过。而且，可能是受长期与世隔

①秩父绢，产于日本秩父的一种布料。

绝的生活影响，他一直紧蹙的眉头间和异光闪烁、深深凹陷的眼睛里漂浮着一种黯然失意的色彩。

"不不，听说您带着秀男一直走到了向岛，肯定累了。小秀，今天好玩吗？"主人望向秀男，脸上的笑容充满慈爱。秀男高兴地答道："爸爸，我们还路过姐姐家门前了呢。"

"是啊，还看见了一条很大的狗呢。"园子忽然想起自己在堤上时对秀男姐姐做的种种想象，转头看着主人装作漫不经心地说道，"那座宅子好像大得很呢。"

"是的。只是院子大一些，房屋已经破得不像样子了。"

"谁住在里面呢？"

"我的大女儿富子。"

借着话头，园子又问了两三个问题。一开始老主人还回答得有些迟疑，没说几句却放下防备，主动向园子诉说起女儿身上发生的故事。和园子想象的一样，正是因为黑渊家被社会排斥，富子才会一个人躲在向岛寂寞的别墅里。富子十八岁从高等女子学校毕业，却连一个朋友都没有。许多同学都说她来自不仁不义的家庭，刻意排挤她，如同社会排挤她的父亲黑渊长义一样。上了好几年学，却没有一个人愿意和她正常来往。尽管不时在操场的角落被人欺负到哭泣，或在教室里被人羞辱，但天性好胜的富子，一直都在倔强地反抗孤立她的同年级学生，直到毕业都没屈服。也正是在这期间，她的反抗精神变得越来越强，起初还只是讨厌女学生的装扮，如果大家都梳西式发髻，她就偏偏要梳岛田髻；如果大家都穿印着家徽的和服外褂装高雅，她就一定要穿上条纹的外褂。但那时其实并不算太过分，毕竟只是学校内部的争斗。但毕业以后，她的同学陆陆续续成了上流社会的夫人，有些人开始频繁出入名流妇人的各种集会，有些人则在报纸、杂志上大谈自己的家庭观等见解。看到这一切后，富子的反抗意识变得愈加强烈，常常以提出一些脱离常识甚至是离经叛道的、危险的口号为乐，几乎成了一种病态。她也曾和一名法学士结婚，但没过一年就主动提出离婚，之后搬到向岛的别墅，一住就是两年左右。

"哎，这些说起来挺难为情的。但仔细想想，也是没办法的事情。让思想还不成熟的孩子承受这么沉重的打击，出现这种结果倒也不难想象。因此秀男长大后，我们吸取了姐姐的教训，打算不送他去学校，而是采用家教的形式。今后还请老师多多关照。"

老主人长义又说到之前雇的老师去了外地旅行，问起了园子对秀男的教育意见。他紧皱的眉头如同深深的雕刻一般，痛苦的心境清晰地呈现在脸上。随着身体的不断老去，曾经让他热血沸腾的功名、荣华之心已经开始慢慢淡去。到了如今这个年纪，明明手握巨大的财富却无法进入社会的无奈并不会让他产生太多的焦虑，他所烦恼的只是自己的过去居然祸及无辜的子孙后代，这才是他忏悔和悔悟的源头。现在他唯一的心愿，就是能让孩子们过得更幸福一些。

从长义说话的语调、姿态和神色中，园子不难感受到他对孩子们的未来的忧虑，她不由得泛起一阵同情，并暗暗下定了决心：自己一定要负起责任，教育好小秀男，一定要让老人放心。无论社会排斥他们的理由是什么，自己既然已经受雇于这个家庭，那就应该尽力真诚、亲切地对待他们。因此，当老人恳切请求她住进家里照顾儿子的时候，园子立刻回答说自己乐意之至。

"只是我还得先问问家母的意见，然后才能给您答复。"

园子辞别了老人。黑渊家派了一辆车，很快就将她送到位于麴町下二番町的养母家。只是在车上，园子依旧在不停地想象着关于社会和黑渊家的种种事情。这栋小小的房子是租来的，钻过小小的耳门后，园子走进养母的房间，立刻将老主人的请求告诉了她。

养母利根子戴着一副大大的老花镜，半白的头发被剪得很短。此刻她正穿着黑色的短和服和裙裤端坐在桌前，在折本字帖上练字。园子进来后，她透过眼镜略瞥了瞥，小心翼翼地将手里的毛笔放在莳绘①的砚台盒里，然后轻轻地摘下了眼镜——

①莳绘，日本漆器工艺技法之一，是将金、银屑以及其他色粉等加入漆液，运用在器物上的手工艺。

代表她准备开始交谈了。身为近卫流的习字教师，对门生时刻注意仪态是她的职业习惯。她每次说话前都要轻轻咳嗽一声，这次也不例外。

"哦，那你打算怎么办呢？"养母问道。园子双膝跪地向前挪了几步，说只要母亲不反对，自己想答应黑渊家住进去，今后去学校也会从他们家出发。

"这样的话，那按你说的办好了。"利根子随便瞥了一圈桌面后又问道："那你的餐费谁来出？"

"这个我们还没有谈到，大概是他们家负责吧……"

"那就好。但这些事情都要事先谈妥，否则以后会很麻烦。"

起初园子是担心的，很怕养母不会同意。女性最美好的前几十年，利根子都是独自在藩主松平家的深宫里度过的。后来她也没结婚，靠教授近卫流字体度日——她自小便被称为近卫流名笔。园子是利根子的侄女，十三岁时被过继了来，改姓她的姓氏"常滨"。几十年来，养母从未对男子动过心，近乎顽固地坚持一种极端的道德，经常会和园子发生意见冲突。原本以为她很难同意未婚女子住进别人家，没想到话题居然这么轻易地就结束了，园子一时觉得有些不可思议，但她也没顾得上多想。平常养母就有些冥顽不灵，而且最近年纪大了，对金钱的渴望也越发露骨，园子自然不愿意跟她住在一起，便决定明天一早就收拾行李，尽快搬进黑渊家里去。

三

转眼已是六月。黑渊家宽敞的后院宛如苍翠的森林，被繁茂的树叶层层遮蔽。园子已经和这家人相互熟悉了，也大概知道了一些恶名在外的原因。正是黄昏时候，园子独自一人在凉爽的树丛间漫步，心下悄悄地琢磨起这些事。

的确，黑渊家的财产来路并不正当，主人长义曾做过某位传教士的翻译，现在肯定还有人记得这位传教士的名字。这位英国的贵族家资丰厚，曾周游日本各地传播宗教。来日本后，他瞒着外人偷偷纳了一个小妾，却不料几年后病死在东京，于是小妾意外地继承了一笔巨额财产。没过多久，这个小妾便和当时的翻译黑渊结婚，随后又盖了一所大宅院。黑渊家开始以旭日初升的势头进入上流社会，并逐渐成为社交场上的名流。当时有一家以笔触毒辣而闻名的报社，立即发表了一篇言辞激烈的报道，曝光了这户人家中隐藏的大秘密。顷刻间黑渊家成为众矢之的，甚至有传言称夫妇二人合谋毒杀了传教士，以至于两人险些被法庭传唤。事情尽管已经过去了二十多年，黑渊家的恶名依然在社会上流传，如今连他们的后代都被波及。

刚刚得知真相时，园子心中未免有些不快，但她逐渐就改变了想法：社会对黑渊家的惩罚和他们犯下的罪行是否相称呢？和别人的小妾结婚的确是无可辩驳的罪行，但社会是否一直都在公平地惩罚有罪的人呢？沉溺于妓院、玩弄无知少女的一国首相，多次羞辱女性却云淡风轻的政治家，隐瞒受贿罪行并不以为耻的教育家——世人对他们何其宽容，依旧将他们捧上高位，信任有加。黑渊家的财产的确令人不齿，但世间对以上那些触及法律的罪过都能宽容，为什么偏偏要如此严苛地对待黑渊家？园子简直想不通社会舆论的标准、道义的标准到底在哪里，并深深地为他们一家感到不平。她的心已经被对黑渊家的同情之泪浸湿，同时她不由得想到许多：在这毁誉不一的社会里要保持纯洁的美名是何等艰难，然而即便博得了美名，受到社会欢迎，如此轻浮浅薄的社会的好评有什么价值？又有什么值得骄傲的呢？就这样，随着园子对黑渊家的同情日渐加深，她原本完美、稳定的社会观一步步崩溃。她沉浸在种种愤懑的感慨之中，在幽暗的树丛间穿行，不觉间来到了池塘边的小亭子前。

钻石般的星光突然闯进眼中。黄昏的天空残存着一层薄薄的微光，为四周的景致蒙上了梦幻般的色彩。园子到亭子里的凳子上坐下，仰望着慢慢被夜色笼罩的天空，心情变得落寞而悲伤，也莫名地感到了一种无力、无助。名誉也好，地位也罢，世人为它们费尽心机，然而即便得到了，又能怎样？人生恐怕未必像诗人歌颂的那么美好吧。不知不觉间，园子深深地沉浸到哲学空想中。忽然，背后的树丛中传来了脚步声和说话声。园子吃惊地回头看，是夫人缟子牵着秀男的手，也在晚饭前散步。

"看哪，星星真是漂亮！"夫人也看到了对面杉树低矮的树梢上的那颗星星，高兴地叫嚷着，在园子身前不远处站定。

夫人的个子很高，肤色白皙，皮肤娇嫩，完全看不出已经是五十多岁的人。光看她充满活力的模样就能知道，那发育良好、略显丰满的健康身体里还保留着三十多岁女性的年轻欲望和精力。她的头发依旧乌黑亮丽，梳成西式发髻，黑色绉绸做的短和服间露出一条绣着华美花纹的腰带，就连站姿也让人一眼就能感受到她妖艳的气质，不禁联想起她香艳的过去。她谈吐爽快，娇柔而敏捷的眼神也绝不惹人讨厌，散发着活泼、不搭的气质。如果能改掉那低俗、放荡的音调，再多点高贵的修养，完全能够成为一个难得的交际家。事实上，在夫人每天出入的教会里，尽管人人心里都嫌弃她，却又总是忍不住被她的手腕所笼络。缟子夫人嘴角自然地浮现出一个华美的微笑，望着园子的脸说："每到傍晚，总会不由得想去原野那些开阔的地方散步呢。"

她的语调明快，与主人的阴郁完全不同。夫人心中就没有任何不平和愤慨吗？从第一次将夫人和主人做对比的时候开始，园子的心中就总是忍不住生出这样的疑问。

"但是夫人，黄昏不会让人感到寂寞吗？"园子轻声问道，尽量让语气保持沉稳平和。

"这么说吧……你觉得寂寞，那便寂寞了。外物带给你什么样的感觉，都是由自己的内心决定的。"夫人坐了下来，"不管发生什么，我都尽量不去想那些悲伤的、讨厌的事情。反正世间的事大多都让人悲伤，也没什么趣味，要是不努力让自己心里快活一点，人生还有什么盼头呢？我对丈夫也经常这么说。我没什么高深的思想，只觉得愉快的时间哪怕多一刻也是好的。"

夫人笑了起来，园子也只得陪着微微一笑。

"我想我会永远坚持这个原则的。前些天我还和笹村先生讨论了一番这个话题，那人可真是个虔诚的宗教家……"

两人的话题随即转到了笹村身上。园子的眼光不自觉地变得热切起来，紧紧地盯着夫人的脸。

"您和笹村先生认识很久了吗？"

"也不是啦，刚刚认识一两年而已。我们是在一个教会碰到的，后来因为他办的妇女杂志的基金什么的，才慢慢熟络起来。他今年才开始这么频繁地出入我们家。"回答完之后，夫人又饶有兴趣地问了园子同样的问题。

笹村道三是某教会的会员，热爱文学。去年某书店发行妇女杂志，聘他做了编辑。尽管今年已经二十八岁，笹村依然住在租来的房子里。他和园子也是因为这本杂志认识的，后来两人便开始不时会面。因他一副怀才不遇的文学家做派，加上确实在教育、宗教方面有许多崭新的见解，园子深信这个年轻人满腹才华，对他信任有加。园子之所以能来黑渊家，也是相信这个介绍人朋友。

"那位先生也真是可怜。"想到他至今尚未成家，专心钻研思想，园子打心眼儿里感到同情。

四

四周已经完全被夜色笼罩，星光开始在天空中闪烁，傍晚的月亮淡淡地映照着整个庭院，池塘边柔软的草坪上流动着两个人的影子。两人起身回房，刚出亭子，便看到来接她们吃饭的女用人。大女儿富子跟在她们身后。

"呀，你是什么时候来的？"夫人似乎吃了一惊。

"我才来没多久，刚在那边和父亲说完话。"富子一边说着，一边朝房子走去。

园子听出这就是老主人前些天说过的女儿，不禁借着月光多看了她几眼。她和父母一样气质出众，个子高挑，是个难得一见的美人。或许是月光映衬的缘故，她清瘦的脸如雪一样洁白、光滑。富子浓密的头发结成倒银杏式的垂髻——那可是妓院里常见的发型，淡色的绢毛混纺单衣上系着一条宽幅的献上博多带①，捻线丝绸的和服外褂披在肩上，活脱脱一副艺伎的装扮。夫人回头看看园子，介绍了一下富子。听到母亲说话，富子稍稍停下脚步说道："初次见面，请多关照。您不用跟我见外，以后还想多跟您聊聊天呢。"她语气干脆，但能让人感觉到一种与她母亲十分相似的机敏和圆滑。

几人先来到十叠②大的客厅坐定。富子已经很久没过来玩了，园子搬进来之后也没好好款待过，因此主人长义突然提议在西式餐厅吃一顿团圆饭。众人又再度起身，围坐在餐厅的圆桌前。

初夏的夜晚凉风习习，不时透过半开的窗帘摇晃瓦斯灯明亮的火焰。二十多年来，主人长义只在全家吃团圆饭的时候才能感到些许慰藉，他舒展开每天紧锁的眉头，不停地环视着餐桌，高兴地拿起叉子，默默地听众人讲话。话最多的人是富子，从品评最近出版的文学书籍一直说到了音乐、戏剧等。

"园子小姐，你不常去剧场吧？"她把脸转向园子问道。

"是的，我……"园子低声回答，"十二三岁之前爸爸还经

---

①献上博多带，最具代表性的博多织织品，常作和服腰带。
②叠，日本房间的计量单位，一块榻榻米大小为一叠，约为 1.62 平方米。

常带我去，后来就再也没去过了。"

园子回答的时候，忽然想起了来养母家前的那段幼年时光。园子的父亲是松平家的藩士，在某省做下级官吏，因平时爱好音乐，每月都会带着园子去听一次戏。自然而然地，园子也对此产生了不小的兴趣。然而自从被养母利根子收养以后，她的生活只剩下了日夜读书，尤其是投身教育界以后，几乎已经忘记了世界上还有剧场这种东西的存在。如今听富子滔滔不绝地说起这些事情，让她情不自禁地回想起小时候自由自在的生活，同时也再次感慨道：所谓教育家，哪怕面对的是一点点小事情，也不得不为了名声和体面而约束自己。

"只要和学校扯上关系，总多了许多无聊的束缚。哪怕有很想去的地方，也得拼命克制，我已经十多年没听到过三味线的声音了。"

说完自己的遭遇，园子又开始批评如今的教育家们态度过于偏颇，不求有功只求无过，亲手给自己套上了太多的枷锁云云。富子闻言，大喜过望地表示赞同，没过多久，她也开始慷慨激昂地批判起相关的人物来。

"坦白地讲，我以为如今再没有比教育家啊，宗教家们更虚伪的人了。满嘴的道德、教义，装得如圣人一般，又说什么看戏会如何如何，听书会如何如何，显得自己多么清高似的，其实都是想看又只能强忍住不去。要不然，这些话简直就成了完全不懂戏的普通人在胡言乱语。他们说这些故作清高的话，其实全是为了生意，毕竟如果像普通人一样享受快乐，马上就领不到工钱了。没办法，只能这么说说来排遣痛苦。"

园子只是微笑着，听富子不停嘴地痛斥他们。很久没能一吐胸中块垒，而且还有人兴致勃勃地在听，富子似乎显得十分愉快，甚至主动讲起了自己和同班同学的一些往事。

喝咖啡的时候，富子语气娇柔地说："园子小姐，有空的时候请一定到向岛找我玩。"

"好的，我一定会去拜访的。"

迄今为止，园子没有一个可以推心置腹的女性朋友。虽然在学校里熟络的女教师也有不少，但尽是些摆脱不了女性间相互嫉妒心理的俗物，因此虽然明知富子的思想太过极端，但她有些观点和自己难得地相似，便愉快地接受了邀请。

"不过，向岛那边到了晚上后，便会变得很冷清吧？"园子问出这句话后，语调重新归于平静，直到饭后甜点吃完，大家依旧在谈笑风生，仿佛还有许多话没讲完。

壁炉橱上的座钟响起——已经九点了。大家意犹未尽地起身，主人长义略带醉意，脸上洋溢着满足的笑容。缟子夫人一如既往的艳丽，站在园子和富子中间，牵起了蒙眬欲睡的秀男的手。一家人高高兴兴地离开餐厅，回到了原来的客厅。

五

算起来，来到黑渊家后也有一个多月了，园子感觉自己经历了许多，同时觉得以往开朗的内心似乎被一层阴云所笼罩。倒不是说思想变得特别阴郁，只是莫名其妙地情绪低沉，做什么都打不起精神来。

为什么自己会变得对一切事情毫不热心呢？每天傍晚，园子都会在晚饭前散会儿步。走在夕阳下的树林中，她时常也会思考其中的原因，但很快就感到厌倦，最后总是数着树木间美丽的星星踏上归途。园子今年二十六岁，肩膀光洁圆润，个子不高，看起来十分娇小玲珑。她小小的嘴巴、可爱的嘴角、牛奶般柔白的丰润脸颊，无不散发着一种沁人心脾的美。尤其是那纤细柔弱的脖子，似乎承受不住浓密头发的重量，让她不得不偶尔偏一下头，犹如艳丽的花朵压弯了柔软的茎一般，更增添了一种难以言表的清秀风姿。缟子夫人和富子都说，园子做女教师太可惜了。那一头浓密的黑发如果梳成高挺的岛田髻，而不是像现在这样随便一扎，该有多漂亮啊！明明拥有如此出众的容貌，她为什么不嫁人结婚，却要靠着女人单薄的身躯在激烈的社会战场上立足？女教师嘛，都是些得不到圆满婚姻的女人，要不然就是迫不得已才选择这个职业——绦子一向觉得女教师和女护士都是同一类人，因此她不理解园子的职业选择倒也无可厚非。

事实上，恐怕连园子自己都说不清楚其中的缘由。她并非从小就立志做教师，只是从宽松的父亲家来到严格的养母家后，慢慢体会到了读书的乐趣，开始觉得穿上酱紫色的裙裤，抱着一两本西洋书走路非常高雅，一度还不停地向朋友灌输提高女权的思想。二十岁时，园子从东京女子学校毕业。现在想来，那时的架子真是大得可怕，她至今仍清楚地记得，有两三个人刚刚透露出求婚的意思就被自己断然拒绝的事。当然，园子要继承常滨的姓氏，因此必须招男方入赘。即便如此，仍然有年轻人主动求婚，其中有一位很优秀的工学学士，大概是被园子的相貌所吸引的；还有一位长得和女孩子一样漂亮的新派青年画家。园子不愿结婚后被家务束缚，尽管目标不太明确，但她还是希望自己能在社会上崭露头角，加上又有想要展露才学的愿望，于是她又去了某个英国人在筑地开的英语学校学习。捧着斯文顿的英国文学书、莎士比亚戏剧之类精美而沉重的书籍，在每天奔波往返的途中，园子曾无数次在心中描绘自己的理想：闺秀小说家、女性新闻记者，抑或是女子大学讲师？然而回到实际生活中，可能是由于对未来没有明确的规划，三年学成后拿到的漂亮证书没能起到任何作用，怀抱远大理想的园子待在养母家无所事事了半年之久，仿佛是读书太久已经耗尽了她的全部精力一般。这下养母心里着了急，托了好多朋友才把女儿送进了私立女子学校做教师。园子那一度冷却的功名心，此刻再度熊熊燃烧起来。然而如同她那纤弱的体态一般，她的性情中也没有那股能够和世俗长期苦战的坚强力量。无论遇到什么事情，开始时都能够满腔热情地面对，但很快就像牵牛花枯萎一般，莫名其妙地耗尽了气力。她也曾试着思考自己一个弱女子，究竟为了什么孤身一人在这功名利禄的城市里耗费光阴，然而终究没能找到满意的答案。只是名誉、地位、权势、体面之类面目模糊的东西一直搅动着心绪，让她不得安宁。曾经如同火山一般燃烧，让园子狂热的功名心，最近不知为何再度燃烧起来。然而进入黑渊家后，生出的种种感慨瞬间冷却了这份狂热，一种类似刚从英语学校毕业时的倦怠感让园子又陷入了懒惰之中。有几天——又似乎是很长一段时间——园子几乎都是机械式地来到教员室，回来后便例行公事地和秀男对坐着看书，然后来到院子里如野狗般地在夕阳下徘徊，过得仿佛雕版印刷一样刻板。这种时候，即使不受别人的影响，不健康的生活习惯也更容易让人耽于空想。园子也不例外，以至于晚上连觉都少了。在她心里，昨天的希望之光已经朦胧，忧郁的回想渐渐占据了越来越多的空间。在一个难以入眠的夜晚，往昔的情景又活灵活现地浮现在眼前——学士和画家向自己求婚时的情景。那时如果自己结了婚，如今又会怎样呢？和现在这副模样比较起来，究竟哪一种更幸福呢？仔细想来，现在的自己其实找不出什么不满足的地方，但心总是悬着，似乎已经断绝了希望。园子想起当时虽然拒绝了求婚，但异性献上真诚的爱情时，自己的确感受到了一种难以言表的得意和愉快，又想起从那以后再也没有人向她求过婚的情形，进而联想到现在肯定会做出以往自己想都不敢想的选择，于是又陷入了新的空想。园子肯定不会忘记最近三次去向岛拜访富子的情形及某次在路上和笹村相遇的事。

早上园子做了个梦，还从梦中忽然惊醒。尽管她努力回想，却始终没能抓住一丁点儿梦的痕迹。这天恰好是星期六，主人长义托园子给女儿带个口信，午后她便一个人去找富子了。

进入梅雨季节已经三天，但一滴雨也没有下过。天气变热了些，但凉爽的风吹动单衣的衣袖，倒也算舒服。鲜亮的树叶、闪光的流水、堤上的景色无不显露勃勃生机，竞相装点夏季的容颜。园子并没有感到特别愉快，也没有觉得不快，只是走进了富子家的大门。

因为彼此已经十分熟稔，传话的女用人径直将她引入了富子的起居室。无论来人的态度多么正式，第三次拜访时一定会被富子完全当成朋友对待，带到她那杂乱无章的起居室内。富子一向主张既然来了自己家，就必须完全抛下社会上那些烦琐的体面、品位之类，只有赤裸裸地谈论人前无法启齿的话题才能让人愉悦。她正躺着读小说，看到园子进来后不慌不忙地坐起，静静地将手边的坐垫递了过去。

园子先转达了主人长义的话。四五天前，他神经衰弱的老毛病又犯了，一直闷闷不乐，所以希望富子有空时能过去看看他。

"年纪大了，也是没办法的事。不过父亲总发牢骚，实在让人受不了。"回答完后，富子又低声地自言自语，"看来父亲还是忘不了社会上的那些事啊。"隔了一会儿，她看着园子的脸问："园子，男人——当然不光是男人——总是那么想在社会上受欢迎，你不觉得可笑吗？"

园子一时语塞。不等她回答，富子自顾自地说道："我们家的老爷子，年纪都这么大了，还在为没法到社会上抛头露面而烦恼，都愁出病来了。我呢，只想再结一次婚，但真是说什么也不愿再踏入社会了。"

和往常一样，富子又说起了她一贯的观点：人们从社会上获取的荣誉、名望之类的到底算什么呢？如果想要名望，或者说已经得到了有名望的地位，就得在方方面面亲手为自己戴上枷锁，扯上道德、道义这些大旗，永远做个自欺欺人的伪善者。与其这样，自己被社会排挤，在这片自由的小天地里随心所欲地生活就显得幸福多了，而且烦心事也少了许多。

园子明白，富子的这些话其实针对的是黑渊家被社会排斥的事情。然而不可否认，话里有不可动摇的真理存在。

"有些人表面上道貌岸然，身居高位，其实背地里还不知怎么样呢。"

"确实如此！"富子似乎突然深受触动，"我和丈夫离婚也完全是因为这样的事。"

"这样的事指的是……"园子变得热切起来，催着她往下说。

"只会在表面上装幌子……"富子微微低头说道，"现在想来，我的应对方式也太过粗暴了。有些事说起来很难为情，反正是我对他完全没了感情，主动提出的离婚。"

富子的丈夫是个在学术界名声响亮的法学士，在大学里做副教授，还兼任了两三所私立学校的讲师。富子对这位有名望的丈夫十分满意，为他倾注了所有的真诚和热情。作为新晋法学士的夫人，富子慢慢在社交场合受到欢迎，同时她因绝望而生的偏激思想也逐渐演变成了女性的温柔模样。然而不到半年，这短暂的和平就被打破了。因为富子发现丈夫娶她完全是图谋她家的财产。丈夫把俸禄都散在了自己不知道的地方，回家也越来越晚，到最后甚至常常夜不归宿。最初，富子悲伤不已，终日以泪洗面，慢慢才听说丈夫不仅在婚前就和某个艺伎来往，和本乡的妾室还有个三岁大的儿子。富子终于明白，自己不可能得到丈夫的爱。在可怕的嫉妒、愤怒和悲伤等种种感情不停地冲击下，她变得比以前更加偏激。

"我真的很不甘心，很不甘心，想要狠狠地报复他一下，反正我也不拿他当丈夫了。我……有天晚上故意去外面过了夜。说实话，我自己都不敢相信，为了赌气就做出如此草率的举动。两天后我才回家。丈夫气得半死，'不贞''不义'之类的大帽子一个劲儿地往我头上扣。我也豁出去了，把心里所有的话全都倒了出来。我说话嘛，过激是肯定的。不过，园子，吵架评理的时候肯定会这样的对吧？自己结婚前连孩子都有了，别人只是任性地稍微模仿一下，立刻把自己的过错丢下不提，说什么'不贞洁'，是不是笑死人？我觉得，所谓保持'贞操'，首先一点就是必须要求夫妻双方都洁身自好。反正当时我把他大骂了一通，当场就让他写了离婚书。"

歇了口气后，富子让园子喝口茶，吃些点心，接着又说起离婚后自己精神严重错乱，有段时间不得不请医生诊治，但搬到向岛以后领悟了许多云云。因别人的评判而愤懑，或是过于认真地寻求对社会的解释，反而让自己生出无聊的反抗之念。自己已经明白：这个社会愚蠢透顶，无论戴上多么华美的名誉桂冠都不过是虚有其表而已。自己的归自己，社会的归社会，绝对不要对世间的评价有半点介怀，想做什么就自由地去做。自己已经是个卑劣、肮脏的人，即便想要做什么事情，也犯不着再去下贱地欺瞒别人。完全没有必要为了一点名声而束缚自己，为此而烦恼更是愚蠢透顶之事。自己已经完全脱离社会，孑然一身，既没有丈夫，也没有孩子，走到哪里都只不过是一个名叫"富子"的女人。道德——有了社会和家人才有存在的必要——已经完全与我无关。因此，自己才敢于做出一些外人看来很可怕的事情。也正因如此，自己做了这些事情也可以毫不愧疚，心安理得。

"现在的我，真是悠闲平静，没有一点烦心事。就这样死在这里，那才真正算得上是往生极乐。"

"您说得完全没错。首先世间真心想做慈善事业或是其他好事的人本就少之又少，而且大家都是为了赚点名声，才无奈地不敢越过道德的警戒线，所以打心底里洁身自好的人可以说是几乎没有了。"园子一直看着宽阔的庭院，嘴里接着说道，"像我，虽然也想让心境平和一些，但终究没法像您一样完全地与世隔绝，许多时候都必须说违心的话，做违心的事。"

话说完了，园子的眼睛依旧注视着庭院。泉水清清，夏季茂密的树木遮蔽其上，四五只小鸟鸣叫着从枝头飞到一片紫色天鹅绒一般的菖蒲花旁。富子也转头望向美丽的夏季庭院，忽然问道："园子，你第一次来的时候紫藤花还开着呢吧？"

这句突兀的问话宣告了两人之间严肃讨论的结束，转而谈起了向岛的景色及牵牛花、菖蒲花等轻松的话题。不久后，两人不约而同地穿上了檐廊边摆放的庭园木屐。

六

这座院子比小石川黑渊家的还要大上许多，园子和富子并肩走在深深的树林间。右手边的池塘被满开的菖蒲花完全覆盖，透过左边粗大的树干之间能够看到围墙附近的空地已经被开垦成花田，百合花开得正盛。两人脚踩柔软的青草地，头顶是细密如织的绿叶顶棚。不时有微风吹过，湛蓝的天空中落下耀眼的光线，仿佛一条条白金的细丝在树叶间摇动。初夏的树林里恬静又明亮，一切都充满了自由和生机。

"真是让人神清气爽啊。"园子不由得大声感叹道。住在这么漂亮的别墅里，又"没有一点烦心事"，园子禁不住对富子的自由自在羡慕不已。

如果说为自己创造自由的环境是人类幸福最重要的要素，那自己恐怕离幸福还远得很。迄今为止，自己虽说并未觉得受到过严苛的束缚，但回头想想，平时无论说话还是行动之前，都会先衡量一番：这样做会不会被别人诋毁？那样做是不是有利于自己权力和地位的提升？于是乎，似乎一次都不曾随心所欲地放纵过。尤其是周围的女同事经常在背后说自己坏话，每次听到时都会思索如何才能让自己天生的温柔气质变得更硬气、更严厉一些。从衣服到头发，连天生的体格都要担心，现在想想，这一切是何等让人痛苦。

"园子，要不要去花田那边看看？"

富子的声音里满含热情，她牵起园子无力低垂着的手，从池塘边转身向花田的方向走去。

"说起百合花，园子，它在小说里是不是经常被视为红娘？"富子微笑着，站在了一片白百合中间。

"我认为百花之中，白百合若认第二，就无花敢认第一了。我最喜欢的就是白百合了。"

养母家的院子里也有一大片花田，其中一多半都种上了白百合花，不光是美丽的花朵会让人眼前一亮，馥郁的香气也让人沉醉。或许是一直沐浴着夏日晴好日光的缘故，富子看起来心情十分愉快，总想提些话头和园子逗笑。

"园子！"她大声招呼着，"你那么喜欢百合花，摘一些带回去吧。我是无人欣赏了，但园子不一样，肯定像小说里写的一样，有许多人盼着和你换花呢……喂，园子！"富子哈哈大笑，又招呼了一遍。

"哎呀，你这个人！"园子倒不是吃惊，而是因为这话害羞起来，"我才不是因为这个才喜欢它的。只是这花的形状特别娇柔……"

"所以说嘛，呵呵呵呵……"富子抢过话头，继续说道，"园子，你别这么一本正经的。咱们已经这么熟了，难道不能分享一些小秘密吗？"

富子在花田间小径旁的长椅上坐下，园子也随之坐到一旁，一时不知该怎么接话，只是脸羞得通红。

"你要是对我坦白的话，我也……呵呵呵呵。"富子又笑了起来。

然而园子真的没有什么艳史。二十岁的时候，学士和画家……尤其是画家，他的爱情十分热烈，被园子拒绝后仍然来过一两封信，但除此之外实在没有值得一说的经历了。

"富子小姐，虽然您这么讲，但我实在没什么可说的……"园子可怜兮兮地回答道。不过富子显然没有放过她的意思，园子无奈，只好勉为其难地讲述了青年画家的事。

富子倒是兴致勃勃，大声问园子为什么要拒绝这么好的姻缘。隔了一会，又问园子是否打算一直单身下去。园子已经不像开始时那么难为情了，不过头还是低着。

"就像刚才说的，当时完全是因为虚荣心太强，完全没把结婚的事放在心上，所以把所有人都拒绝了，倒也并非打算一辈子单身。但从学校毕业后，就再没有人向我求过婚了，所以结婚之事也就完全被我抛到脑后。"

"园子，最近也没想过结婚的事吗？"

"最近……？"园子一时词穷，再次羞红了脸。

她该怎么回答才好？养母的家庭教育严厉得很，将所有男人都比作恶魔，绝不容许他们靠近。加上强烈的虚荣心作祟，在如同花朵般绽放的十七八岁到二十出头的年纪里，园子芬芳柔软的心中根本无暇描绘对男性的感想，就连和男性单独相处且言谈投机的经验也不超过三次。之所以想起忘却已久的求婚者们，也是因为来到黑渊家后心态变得松弛，生活实在太过无聊。因此，对于富子提出的问题，园子还没法给出明确的答案。如果是在来黑渊家以前，不，如果是在她还没意识到教育界过于缺乏自由精神之前，她或许会毫不犹豫地做出高傲的姿态，回答说还没有闲暇考虑那种事情。然而现在……可以说既没有那么想结婚，也不再觉得结婚是件很愚蠢的事情。

"富子小姐，现在我确实还无法明确回答您。但是我没有养母那么顽固，我觉得女性迟早都是要结婚的，因此如果有人真心想要娶我，即使他家里非常贫困，我也会很高兴地嫁给他……"

这时突然一阵风飒飒吹过，浓烈的花香直扑到两人面前。与此同时，花荫处一个男子走了出来。

七

"呀，天气真好！"男子彬彬有礼地摘下帽子，语气轻快地招呼道，"啊，园子小姐也在啊。"

"笹村，真是稀客啊。什么风把你吹来了？"富子笑了起来。

"笹村先生，您请坐……"园子从长凳上起身，静静地回了个礼，想要给笹村让座。

笹村推辞了一番，让园子坐回原处，自己把手杖撑在身后，身子稍向后仰，就这样站在园子面前。

"啊，我今天去堀切观赏菖蒲花……想起久疏问候，所以特地赶来赔罪。"

"你可真是很过分呀。听说最近也不怎么去小石川那边了。笹村先生，是找到什么更有意思的地方了吗？"

"怎么可能！你可别乱讲！"笹村做出生气的样子，大声否认，随即又轻声说道，"富子小姐说得也够过分的吧？我怎么会那样……且不说我是个基督徒，作为一个穷文学家——你想想，园子小姐——我也不可能做那样的事，对吧？"

笹村二十七八岁，身材算不得壮硕，却显得劲头十足。他穿着一身略显破旧的西装，口袋里露出一本书，看起来应该是外国的杂志，胸前的纽扣孔里插着一枝硕大的菖蒲花，十足的文学家做派，也怨不得园子对他如此信赖。虽然他那瘦长的面容似乎稍欠优雅，但一旦开口说话，轻柔且饱含热诚的语气，就能恰到好处地弥补这个缺点。当然，他绝不是个饶舌的人。富子刚才频频调侃他，他都不时故意做出退让的姿态，让富子获得嘴皮子上的充分胜利。没多久，大家就转换了话题，笹村讲了自己在堀切时的所见所闻后，又夸奖起周围盛开的白百合。他对各种文学例证信手拈来：济慈如何如何形容、歌颂这花，雪莱如何说，华兹华斯又是如何说的，又说自己也觉得再没有比白百合更美的花了，还曾为它作过诗，随即便一字一句地轻声吟诵起来。

他的声音略带沙哑，颇为动听。富子依旧是平常那种语气，笑问他是什么时候写的，让人听得都想唱支俗曲来应和一下。园子倒是很为比喻女性清高节操的诗句和他的声音所触动，不由得悄悄看他的脸。不停吹来的浓烈花香似乎逗引出了心内潜藏已久的某种情感，让她不自觉地沉浸其中。

突然，富子说道："笹村，园子也和你一样，非常喜欢白百合呢。"一句话说得园子的心忽然悸动。两人对视一眼，富子继续口无遮拦地说："没错吧，园子？你们两个人都对白百合视若珍宝，要是在小说里，肯定得发生一段故事。"

"恋爱故事吗？哈哈哈。"

笹村倒是笑得轻松，园子早已羞得满脸通红。

这时女用人过来说茶点已经准备好，富子催促两人离开花田，随手折了两枝白百合递到他们手上。

"要是不嫌麻烦，我让老花匠多剪些给你们带回去。"

笹村高兴地将花插在胸前，园子总觉得有些难为情，但还是在鬓间插了一朵。

园子和笹村一同走出富子家的大门时，堤上已经被夜色笼罩。两人喝完红茶，又东拉西扯地聊了许多，以至于完全忘记了时间。直到富子留晚饭，两人才百般推辞，匆匆告辞。

走到言问一带时，茂密的樱花树叶遮住了星光，前方道路一片漆黑。堤下不时有几户人家透出灯光，照出略显羞涩的园子和与她肩并肩行走的笹村。然而过了长命寺后，就连这点灯光也完全消失了，被嫩叶温柔包裹着的十里长堤，以及倒映着对岸美丽灯火的隅田川，都在无尽的幽暗中安然沉睡。微风里带着植物生长的香气，从枕桥边的料理店中清晰地传来娴雅的三味线声。

园子行走在这沉默的夜晚，真切地感受到一种愉悦的寂寞。她小小的胸膛里充满了诗一般余韵悠长的意趣，没过多久，几乎已经忘记了身在何处。忽然，她的一侧脸颊上感到微微的温热。园子吃惊地转头看，只听到笹村急促的呼吸。他胸口的那朵白百合花在黑暗中越发醒目，晃动时一阵香气扑面而来。

园子的心莫名地躁动起来，然而又没什么可说的话，只能任由呼吸变得越来越激烈。两人就这样走了五六步，笹村忽然叫道："园子小姐！"

"嗯。"回答的声音几乎低不可闻，但园子心中的悸动无法停息。

"园子小姐！"又听到一声清晰的呼唤，后面似乎还有些话，又似乎没有。园子只觉得浓烈的花香在寂静的夜里再次飘荡，似乎已经丧失了其他的所有感觉。等她从恍惚中惊觉，不知何时，男人的手臂已经搭在了她的肩上。

"啊，园子小姐！"他把园子扯进怀里，"园子小姐。那首歌颂白百合的情诗，我是怀着深深的，深深的情意吟咏的。"

美丽璀璨的星光洒在宛若凝碧的鲜嫩绿叶上，其他什么都看不见。夜萧萧，隅田川河畔一片安宁。现在这里没有浮世的名望和地位，也没有任何的束缚。歌声被风儿吹走了，幽暗的水面上有水鸟轻啼，运土船的摇橹声载着船篷下远古式的生活渐行渐远，树叶的沙沙声像是在低声诉说着大自然的秘密，浪花舔舐堤岸的声音仿佛窃窃私语一般。这些大自然的旋律和着白百合珍贵的花香在耳边一齐奏响。

因为渴盼名利而长期枯萎的女性柔情又在心底萌动，已经看淡了名望价值的园子，在大自然如此强有力的诱惑下，哪里能够拒绝。她的声音颤抖，从内心的最深处传到嘴边。

"你说的事……能对你信奉的神明发誓吗？"

"当然可以。"

走过竹屋的渡口时，笹村忽然停下脚步，将园子紧紧抱住，似乎是压抑不住胸中翻腾的强烈的诱惑之情，猛地将嘴唇凑了过来。

"啊！"

"怎么了？我是上帝的信徒，所以我向上帝起誓忠诚。但你不是基督教徒，所以是不是应该用行动来证明一下，好让我安心？快，愉快地接受我的吻吧！"

园子先是感觉到他胸口的百合花那芳香、柔软的花瓣轻轻触到了自己的下巴，随后便什么事情都分辨不清了。

实际上，园子长这么大还没有做过这么羞人的事情。不过当两人走过吾妻桥，来到人来人往的大街上后，因为害怕旁人的闲言碎语，便分头上了人力车，她竟奇妙地感到一种愉快。刚才笹村硬是劝她今晚一定要到自己租的房子里坐一坐，把她吓坏了。现在，那份恐惧也慢慢消散，胸中只留下了温暖、清新的感觉。

啊！在大自然最热情的六月之夜，园子就这样被它的诗意打动，接受了永不后悔的恋爱恩赐。她一定以为这份恋爱是天和地主动推到自己身边的。恋爱原本就必定要由几分草率来成就，因此她绝不会感到丝毫的踌躇和忧虑。

八

第二天是星期天，园子哪儿都没去，跟着秀男在后院阴凉的树丛间、池塘边玩了一天，百无聊赖。黄昏时分，园子回家看了看许久没见的养母。

养母利根子一改平日的苦相，罕见地满脸阳光灿烂，所有的动作都显得手忙脚乱，有些像小孩子高兴时的雀跃。园子虽然想象不出发生了什么事，但看到养母这么欢喜，自己也禁不住开心起来。

"母亲，您今天气色真好。碰到什么开心的事了吗？"

"啊，阿园啊！"养母似乎早就在等着她发问，"最近我应该能够得到想要的工作了。当然，还没有最终确定……"

"母亲想要的工作，是哪所学校的老师吗……"

"嗯！贵族女校……"

养母忙不迭地把事情经过讲了一遍。最近贵族女校的书法教师调走了，有人推荐她去接任。如果顺利，不久后养母就能得到多年来渴望的名誉和地位了。

"啊，原来是这样。母亲，我真替您感到无比高兴。希望这件事能尽快定下来。"

"估计这几天就能确定了。但是，学校要要从这个月的十五号开始放暑假，弄不好要拖到九月左右了。"

养母说完稍停了一下，园子赶忙问她吃过没有，请务必和自己共进晚餐。不一会儿，女用人端来饭菜，两人相对坐下，养母问道："你学校的课要上到什么时候？"

"到这个月底。"

"那是不是会一直休息到九月？"

"是的，我们会放假到九月十号。不过一年之中就属六月份最辛苦了。后天还有校庆纪念会，学生要做许多演讲、朗诵，老师们必须负责指导。这件事情过后，马上又得准备期末考试，这个月真的是忙。"

"对，对。去年纪念会的时候，你的学生的朗诵成绩最好。"

"也正是因为这个，我想今年无论如何也不能比去年差。"

两人又说了许多对将来的期许，园子从养母家出来时已经接近晚上九点，回到黑渊家不多久，就听到挂钟敲响了十下。园子坐在桌旁，批改学生的英语作文和听写等，直到十一点才上床入睡。

第二天，终于到了星期二校庆纪念会的日子。每到这天，她们学校都会邀请与建校有关的社会知名人士、学生家长等前来。会场上学生们会用英语演讲、表演歌曲，以及演奏音乐，结束后按照惯例，大家会到运动场的树荫下享用料理和学生制作的美食。今年的流程也是一样，园子负责的学生果然在英语演讲中获得了最佳成绩。因此，第二天水泽校长对她也是大加赞赏。

简直是好事连连！这十几天里园子被倦怠感占据的心忽然恢复了以前的平和与勇敢，对名誉及地位的渴望也随之勃然而起。然而这次的欲望与以前大不相同，她不再像过去那样极端、偏执却又漫无目标地渴盼名望，或者说是打算放弃孤身一人在茫茫浮世里崭露头角的想法，而是下定决心借男人的手，以一个女人、某人妻子的身份在力所能及的范围内获得稳定的名声。

比起以前，园子对所有事情都显得更加积极了，有时又会表现出前所未有的沉着。她的身体似乎也比以前更加健康，玫瑰色的脸颊透露出处女特有的风姿，清高中带着娇媚。只是偶尔在寂寞的雨夜里涌起丝丝悲伤，因为不知道养母对自己未来的婚姻究竟如何考虑。然而即使是这件事，这位高洁而单纯的处女也保持着坚定的自信：只要用诚心和热心去面对，只要两人之间没有肮脏和虚伪，就没有不成功的道理。

在偶然邂逅的公园里一起散步，在黄昏的树荫下手牵着手聊天——园子渐渐地感受到了恋爱的愉快滋味。时间过得很快，不觉间已经过了二十多天。学校的第一学期即将结束，两个月的悠长暑假很快就要到来。园子首先想到的是这个假期如何度过。终于能够从刻板的授课时间中脱离，要不要借此机会准备下结婚的事情？先回养母家慢慢和她商量，然后拜访校长及其他与自己有工作来往的人，把自己的想法如实地告诉他们，这一点绝不能疏忽。待过一段时间，到今秋或初冬，选个天朗气清的时候举行婚礼。园子开始在心里做种种规划，然而黑渊家每年都要去小田原的别墅避暑，长义老人再三邀请园子务必同行。盛情难却之下，园子无奈，和他们约定自己只能待到七月底。如此一来，只能暂且把心中的计划放下来，虽然略微有些失望，但毕竟八月份还有一整个月呢，完全有充足的时间执行自己的计划，这么一来，倒也不是那么不能接受。于是园子没有流露出丝毫不快，和无限期待旅行的黑渊一家坐上了前往小田原的火车。

在国府津的车站，一行人与去箱根温泉的旅客们一道登上了电车。伴随着相模滩不绝于耳的涛声，穿过葱翠的松林，越过广阔的绿野遥望箱根的群山，渡过美丽的酒香川后，终于又看到了茂密的松树，小田原的城墙随即映入眼帘。漫长的旅途中，园子不停回答着秀男的各种问题，讲完历史，又讲地理。在这里坐上人力车，穿过残存着古驿站萧索风貌的小田原街头，不一会儿就到了建在海边的别墅。

"真是好景致啊。"

园子和黑渊一家坐到外客厅的檐廊下，忍不住发出了喜悦的赞叹之声。她也曾两次到过箱根，在这一带的海边散步，但从未像今天这样独占过如此美妙、宽广的相模滩风光。黑渊家的别墅无疑占据了最好的位置。矗立着四五棵大松树的围墙边，一片小沙丘慢慢下行，渐行渐远，直到五六十米外的海边。这片宽广的沙地上，靠近沙丘的一侧长满了各种类型的低矮杂草，盛开着小小的花朵。对面一侧，散乱着涨潮时被海水带上来却忘了带走的海草和贝壳，即便相隔很远也依旧清晰可见。午后的阳光酷烈，烤得沙地热腾腾的，大海眷恋着夏日的晴空，尽情展露着自己广阔无边的深蓝色。东面的尽头，三浦半岛隐约可见，几朵白云飘荡在头顶。可他们正对面的水平线上，除了大岛的炊烟和点点白帆外，却再无他物。大团的波浪从海上缓缓涌来，冲上银色沙滩后便发出巨大的声响，撞得粉碎。溅起的飞沫反射着日光，释放出难以形容的异彩。园子凝望着一刻不停的波浪，过了一会儿，又把脸转向了横在眼前的伊豆半岛方向。亘古不变的青山似乎得到了极大的安全感，仿佛带了一层深长的意味。一时间，园子的心完全被大自然俘获，脑海里再次涌出漫无边际的空想。忽然她又回过神来，回头看看自己，心里生出一种奇特的感觉，仿佛又回到了十多年前刚到东京的时候。

从檐廊回到客厅，主人和夫人终于换上了睡衣，坐姿也随便了些。看到园子正望向自己，夫妇两人齐声说："园子小姐，你也换换衣服吧。"

"好的。不过这儿真凉快，我一点儿汗都没出。"

"园子小姐，你的房间可能稍微小了一些。我觉得你住对面那间三叠大的房间会合适一些……"主人长义望向缟子夫人，似乎在催促她同意。夫人点点头，拍手叫来了女用人。

园子向夫妇两人微微欠身，跟随女用人去了房间。虽然很小巧，但房间清静、整洁。几近落地的大窗外，一棵青色的松树枝叶细密，凉风吹过时不停地沙沙作响。园子就在这个房间里住下，上午九点到十点准时监督秀男读书一小时。除此之外，上午日光还不强烈的时候，又或是海面被染成蔷薇色的黄昏时分，园子会和黑渊一家人或到海边，或到街上，又或到旧城址去随处散步。悠游自在的避暑生活让园子觉得时间过得很慢，离开东京才不过一星期，就已经将狭小的小田原的古迹和名胜都看了几遍。

无数次的散步时分，最让园子乐此不疲的是踏着沙子上冰凉的露水，一边自由地呼吸着纯净的空气，一边在拂晓的海边散步。以及漫步在海边，沉浸在紫色的黄昏中，仰望着刚刚露出微笑的明星。

一天早上，黑渊一家还处于甜美的梦乡时，园子已经爬了起来，照例一个人走下墙外的沙山，贪婪地呼吸着清晨的空气，径直走向大海。四周水汽朦胧，大海似乎刚刚从沉睡中醒来，发出阵阵轰鸣。即将升起的朝阳在东面的天空画下一条红线，一秒一秒地扩张着自己的领地。园子明明没有打算唱歌，歌声却自然地从喉咙深处流了出来。不知何时，她开始忘我地吟诵起笹村创作的新体诗中自己记得的短诗。就这样走了一两百米远，停在沙滩上的渔船背后忽然站起了两个人影，园子赶忙闭住了嘴巴。那是一对青年男女，他们也发现了园子，惊讶地从沙滩上站起身来，牢牢地牵着对方的手向沙山方向离去。园子立刻明白过来——两人是一对新婚夫妇。不知为什么，园子的视线紧追不舍，直到两人消失在松影后面，一刻都没有离开过。他们的身影消失了，但两人合唱的声音依然隐约从波涛的轰鸣声中传来。

靠着渔船的船舷，园子自然地垂下了头。想要和恋人一同在这干净的沙子上漫步——从园子喜欢上海边的拂晓和黄昏时分开始，这个想法就已经无数次在她的脑中穿梭。与此相关的想象，如今更是顷刻间填满了整个脑海。太阳冲破东方天空的层云，迸发出第一缕金黄色的光线时，园子回到了自己那三叠大的房间。她又一次重复自己的决心：下个月无论如何都要尽早赶回东京，实施自己计划的那些准备工作。然而在此之前，哪怕是一天也好，多希望能把他也叫到这片海边来。一想到这里，园子眼前浮现出了笹村喜气洋洋做新郎的模样。这份感情越来越强烈，终于，她用整个上午写了一封长信寄给笹村。

隔了一天，回信便到了。信中说他明天会住进一家名叫南阳馆的旅馆,请园子当晚去那里见面。然而信封正反面写的都是假名字,不仅完全没有出现"笹村"两个字,信上还特意嘱咐绝不能让黑渊家的人知道自己来了小田原。园子觉得有些奇怪,但转念一想,这肯定是他想对两人的恋爱关系保密,也就不再怀疑。当天傍晚,园子谎称散步,辞别黑渊一家,到南阳馆去见了自己久违的爱人。

见面时,园子完全忘记了那信的事,一句都没有问。她只是和笹村约定明天早晨在海边的沙滩见面,然后就回了别墅。

九

清晨的海边约会给园子留下了难以忘怀的无限快乐。和在街上或公园里散步时不同,这片宽广的沙滩上没有人妨碍她和笹村手牵着手,没有人妨碍她和笹村尽情地接吻。沉浸在毫无杂质的恋爱甜蜜中,园子和笹村约定黄昏时再见面——这次是在荒废的古城遗址。怅怨地看着太阳发出光芒,她只得先和笹村分开,回到了别墅。

一整天,园子只是呆呆地望着太阳在天空中移动,好不容易才挨到了晚饭时间。夕阳如同燃烧的火球,正朝海面坠落下去,锐利的光线穿过如同撒满金粉的云间,打在窗外粗壮的松树干上。园子眼前已经真切地浮现出约会地点的样子——城外的农田间还保留着护城河及周围的湿地，最适合避人耳目。遮天蔽日的杉树荫下？爬满常春藤的断墙边？还是说去大久保神社建造的天主台附近呢？怎样都好。挽着恋人的手臂度过诉说着不朽历史的古城黄昏，不也是在歌颂同样不朽的恋情吗？多么美妙而有诗意！园子在漫无边际的想象中，不知不觉把自己当成了小说中的人物。突然，她被纸门拉开的响亮声音惊醒。进来的是缟子夫人，她似乎有什么心事似的坐了下来。

最初的两三句对话并没有什么特别，但没过多久，夫人向前跪行两步，出人意料地问道："园子小姐，听说笹村先生来小田原了。他没有告诉您一声吗？"

该怎么回答呢？园子吃惊得快要窒息，好不容易才平静下来，继而按笹村在信里嘱咐的，小声回答道："没有。"刚说完，缟子的脸色就变了。

"哈？这算怎么回事？他也太过分了！"

方才，从东京带来的女用人和夫人说起自己昨天下午看到笹村从电车上下来。本以为他会来拜会自己，却不料对方连一点儿音信都不给，夫人未免有些不快。其实最近三个多月——自从园子来了以后，笹村就不大登门了，夫人为了打发无聊的时间，基本每个星期日都会去教会，也从来见不到他的人影。开始还会写信道歉，说杂志社的工作太忙，可最近一个月竟连封信也看不到了。为此夫人已经不愉快了很久，但终究没法亲自去他的住处质问，只好自己生闷气。这次他同在小田原，居然不来露露面，实在让夫人气不打一处来。园子也觉得缟子的话有道理，自己也因此再度疑惑起来：笹村到底为什么不愿意来夫人的别墅呢？然而既然开始已经假装不知情，现在肯定不能再说实话，园子决心犯下痛苦的撒谎之罪。装作一头雾水的样子，园子问道："他也没联系过我……会不会是女用人认错人了？"说完，她刚要悄悄地转过头去看夫人，夫人厉声回答："不会，千真万确，就是他！"夫人的语气有些激动，"阿竹说他一看到自己就慌慌张张地躲进了一条小巷，阿竹也就装作没看到他回家来了！总之，他的的确确是到这边来了。"

"啊，这样啊。"园子嘴上回答，心里却难以言喻地痛苦着。

夫人定定地盯着园子的脸，说道："园子小姐，他这么做算怎么回事嘛，太……太过分了。对不对，园子小姐？"

她那慢慢变化的语调和脸色让人很难相信仅仅是因为笹村的无礼而感到愤怒，看起来似乎还有其他更深层的缘由。园子却顾不上留心这些，她只想赶紧逃离这里。然而夫人显得越来越激动，终于再也压抑不住老年女人天生的、可怕的嫉妒之情。

"园子小姐，笹村先生最近有什么……讨厌我的理由吗？"

"不，并没有那样的理由……"园子终于发现夫人的样子有些不对劲，然而她依旧没有多想。黑渊家的人一直都抱有偏执的猜疑，觉得世人都因为他家的名声才不愿意和自己来往。这种猜疑折磨得他们无法维持一贯的和善，园子以为这次也是一样。于是她反复解释夫人想错了，笹村绝不是那样的人。过了十多分钟，园子依旧在详细、热心地替笹村辩解。忽然她惊呆了，因为夫人的脸色正变得越来越可怕。

"园子小姐，你对笹村先生的想法非常了解嘛。"夫人突如其来地问。

园子一下子羞红了脸，不再出声。但只是脸红这件事就足以让夫人在心中下了某些结论，她猛烈的嫉妒之火似乎燃烧得更加旺盛了。缟子夫人睁大了微带细纹的双眸，瞳孔中射出充满猜疑的锐利目光，微微上翘的深色嘴唇不停地颤抖着。

"园子小姐。你有什么需要保密的呢？你们之间如果有些什么，直接对我说不就行了吗？"

"……"

"园子小姐，我明白了！你要是想隐瞒，没问题，尽情隐瞒好了！但我也绝不会忘了今天的事！园子小姐，你真是太放肆了！"

缟子似乎已经激动到连坐在这里都无法忍受，嗖的一声站起身来，径直走出了房间。太阳已经完全落山，夫人可怕的身影消失在纸门后面，她走路时衣服摩擦的声响宛若蛇爬过草丛一般，让园子不由得浑身寒毛直竖。然而并没有见过太多罪恶的园子总是习惯于用纯洁、正直的心去看待他人，因此直到现在她都没明白夫人生气的真正原因。是由于笹村疏远了夫人，所以她一时冲动了吗？哎，总之约定的时间已经过了，笹村是在寂寞的古城中一个人傻等，还是已经回旅馆了？想到这些，园子感到难以言喻的悲哀，可是当着夫人的面，今天是无论如何都出不去了。她焦躁地寻找着时机，终究是无济于事，直到晚上十点多大家都上床睡觉后才终于决定放弃。

可是，园子换上睡衣，钻进蚊帐后，却总也静不下心来。今晚一定要去见他一面！要为自己的失约道歉。而且也要让笹村明天一早就来别墅拜访，无论他是出于什么缘由不曾来访，但至少要先平息夫人的怒火。就这么翻来覆去地想了一会儿后，她又稍稍欠身看了看枕头旁边的怀表，忽然下定了决心似的从床上起来，悄无声息地穿上了刚刚脱下的衣服。观察了一下四周的动静——尤其是夫人晚上睡的套间——随后从自己房间的大窗溜出去，将套窗照原样关好，飞快地朝面向大海的围墙跑去。

月光毫无遮拦地照射下来，四周明亮得如同白昼。穿上平常去海边时穿的草屐，一打开栅栏门，园子便跑下沙山，沿着海边全力奔跑。沐浴着皎洁的月光，浩渺的相模滩像一块银板般平静、闪亮。伊豆半岛黑魆魆的，盖着薄绢般的夜霭，正在安静地沉睡。跑出大概一两百米后，前方又见一座低矮的沙山。

越过沙山后，园子想要从它对面的小路去往小田原的街区。刚刚转过那座系着四五艘渔船的小渔屋，忽然暗处传来人声："啊，常滨小姐！是园子吧？"

"嗯。"园子吃惊地循声回望，只见一个男人壮硕的影子印在美丽的白沙上。紧接着从小屋背后传来了女子低低的歌声，似乎是两个人，正在唱庸俗的流行歌曲。

"哎呀！是水泽先生吗？"

"景色真好，你也是出来散步吗？"说着，水泽校长站到园子近前。他说自己也是为了避暑，决定去箱根旅行一星期左右，昨天刚到小田原，想要看看这里的古迹，已经待了两天；又说禁不住今晚美妙月色的诱惑，自己无聊之下就请旅馆的女店员做向导，第一次来欣赏海边的景色。最后他说道："我知道你也来了这里，所以原本想在明天或是从箱根回来后去拜访的。"

园子被吓得惊慌失措，想要回答却一口气堵在了胸口。水泽倒是很平静，邀请道："一起去那边走走吧？"边说边不时望向园子的脸庞。

月光照耀下，园子美得不可方物。她的脖颈喜欢微微侧倾，总让人觉得是因为承受不住那浓密头发的重量。此时这满头青丝在夜露和月光的映衬下更添光泽，几缕散落在一旁的发丝被袭来的海风吹拂着，凌乱地挂在白皙的脸庞上。仓促出门时穿上的浴衣并不齐整，胸口露出一大片雪白的肌肤，衣袖和下摆在风中翻飞。水泽的目光不觉间有些恍惚，变得绵软无力。

"水泽先生，我……家里还有事，得尽快去一趟鸟渡町……"

园子还是下定决心，回绝了校长，匆忙想要离开。水泽显出有些不舍却又不便强留的样子，不，或许是因为小屋暗影里的女子频频发笑，使得他不能不对园子有所保留。说完再会，他又告诉园子自己住在南阳馆，最后茫然若失地看着园子飞奔的背影渐渐远去。

园子一边跑，一边心里越发地烦闷。南阳馆——校长居然和笹村住在同一家旅馆。自己今晚去笹村房间的事会不会被他知道？同一家旅馆，如果在走廊碰到怎么办？然而如今也顾不上为这些事胡思乱想了，只能听天由命。晶莹剔透的月光中，园子跑着，烦闷着，没多久就来到了南阳馆的门口。

十

正面的大门已经关了，但有个出入口还透着灯光，里面时不时传来女店员的笑闹声。

"打搅了，这里应该住着一位笹村先生吧？我姓常滨，烦请转告他一下。"

"好的。马上就去。"

在等待女店员回来的时候，园子依旧提心吊胆，不停地回头看。所幸在旅馆里并未见到校长的身影，园子轻舒了一口气，在女店员的带领下来到一楼的一间日式房间，拉开了纸拉门。

"园子，你来找我了！"男子正要出去迎接园子，恰巧刚从里面打开门。他用充满喜悦的声音呼唤着园子，轻柔地拉起她的手，带她进屋坐下。

"真是对不起，你一定等了很久吧。"

"没有。我在约定的地方等到八点多，想着你可能有事耽搁了，没到九点就回来了。"

"哎呀，一直等到快九点！"园子的声音有些哽咽。过了一会儿，她努力让自己恢复平静，把今天事情的原委详细说了一遍。

"咳，也就是说我来的事夫人已经都知道了。"笹村的脸上瞬间笼上了一层难以形容的苦痛。

园子静静地点了点头，"笹村，你不知道我当时有多难受。你为什么不愿意去黑渊家呢？"

"也没什么特别的缘故……"笹村又痛苦地叹了口气，"只是……只是我想把我们的关系保密。尤其是那位夫人，嫉妒心特别重，万一她察觉到我们的事，肯定没什么好事，所以我不敢去他们家。"

"但是……事已至此，也没有办法了。明天你无论如何都得去一趟了。"

"嗯，说的也是……看样子不去一趟肯定说不过去了。"笹村终于松了口，但似乎内心还是有些犹豫，园子又不厌其烦地叮嘱了他好几次。

一问一答中，时间无情地流逝而去。突然女店员拉开纸门，说道："不好意思，您今晚住在这里吗？"

"不不，我马上回去。"园子吃了一惊，从腰带里掏出表来，"哎呀！已经十二点了。"

女店员又把门关上，不知去了哪里。笹村看着慌慌张张准备回去的园子，有些惊讶地问道："园子，你真的打算回去吗？"

"是的。不回怎么行。你……"园子有些忐忑，看了看笹村的脸。

"话是这么说。但已经这么晚了，不如就住下吧。这样吧，园子。明早天亮前就回去，不会有人发现的，你说是不是？好不容易能有一个互诉衷肠的晚上，你就别回去了。"

园子不知该如何回应他的热情，只是无力地放下刚要抬起的膝盖，垂下了头。

夜晚安静得可怕。刚才各个房间三味线的声音、人的笑声、语声还在此起彼伏，这会儿已经完全消失。远处海上涌来的潮声在寂静中变得越来越响亮，街上不时传来几声犬吠。

"园子，你就别回去了，好吗？"

笹村静静地牵住了园子的衣袖。然而园子无论如何也拿不出过夜的勇气，只能继续沉默。看她这样，笹村继续说道："为什么不可以？我们已经彼此表明了真心，只要世人不知道，就绝不是什么可耻的事，也完全没必要害怕……哎，园子，为什么不听我的呢？"

"为什么……你啊，万一被人知道，事情可就无法挽回了。而且我们学校的校长也住在这家旅馆，所以不管怎样我都必须回去。"

"太遗憾了，真的不行吗？"

"嗯。虽然我也舍不得……"园子微微带着哭腔，把脸转向一旁。灯火映衬下，她脖颈处的皮肤更显白皙。西式发髻的鬓发垂在脸颊上，为她恰到好处地增添了一缕楚楚可怜的风姿。不仅如此，单薄的浴衣从腰部到膝盖紧紧包裹着她发育良好的身体，简直如同名匠手中披着薄纱的雕像。笹村的眼睛一眨不眨地盯住眼前美丽的女子，看来十分不愿放她回去，又要开口相劝。

然而园子的决心已定，她静静地站起身来，说道："你……你一定很生我的气吧。"

"不，绝对没有生气。但是园子，你对恋爱太冷淡了，心太硬了。"

"你要是这么说，我真的不知道该怎么做了。我绝不是因为冷淡才坚持回去的。因为我们没有结婚，还是秘密恋爱，我总觉得良心在受到谴责，做不出那么大胆的事情。请你一定原谅我。"

"什么嘛。原来是良心受到谴责？园子，只要回去了，你的良心就满足了吗……你回去就能心安理得了吗？"

"什么？"园子的手扶住纸门，停住了脚步。

借此机会，他连忙滔滔不绝地劝说起园子：在这美好的夜晚，一对明明彼此相爱着的恋人，却因为惧怕世俗的眼光而坚决不同宿，这种行为究竟有多少价值？只是一时克制住了欲望，真的能证明意志的强弱，或是为自己带来一些名誉上的光彩吗？或者说，能满足多少自己的虚荣心呢？好，就算此时压抑情感完全是出于良心的正确判断，但它真能让人的心永远满足，永远安心吗？"园子，你能高高兴兴地回去吗？"

被他这么一说，园子发现自己还真的找不到什么合适的话来回答。即便如此，她仍感觉引导自己前进至今的教育绝不会容许自己这么做……她感到一种莫名的恐惧，不敢在这家旅馆住下来。如果自己受的教育少一些，道德感稍微薄弱一些，那自己也不必忍受如此痛苦的折磨。明知这绝不是罪恶，但自己就是不敢这么做，究竟是为什么呢？终于，园子的心被悲伤占满，只得将瞒着夫人溜出来，担心被校长发现的事说了一遍。总之今晚必须回去，不能不回去。

笹村终于放弃坚持，说道："园子，那我送你吧。"

"嗯，走吧。"园子喜出望外，眼泪流了下来，"我们可以一起走到别墅边上。"

笹村送园子到距离别墅一百多米的地方。最后园子又再三叮嘱他明天一定要来拜访夫人，宽慰一下她。悄然分别后，园子看了看四下里无人，这才放下心来。待躺进被窝后，她就觉得异常疲惫。

十一

第二天早上九点刚过，园子和往常一样陪秀男读书，主人长义也坐在一旁。她知道笹村已经到了另一个客厅拜会夫人。十点的钟声敲过后，每日例行功课结束，她惴惴不安地回到自己三叠大的房间。不一会儿女用人就过来了，并把她带到了夫人和笹村会面的那个房间。

夫人的脸色和昨天不同，丝毫看不出有任何不快。园子稍稍放下心来，装出一无所知的模样跟笹村打了招呼，说了句好久不见。这时，夫人忽然刻意地压低声音说："园子小姐，请把茶和点心端过来。"

园子忍不住看了缟子一眼。夫人从未命令她做过这些家中杂事，有时甚至让自己觉得太受优待，有些难为情。今天忽然接到这样的命令，她甚至不觉得懊恼，只是有点意外而已。

"就在茶室，快去吧。"

园子明白，这是夫人还在为昨天的事生气，故意在笹村面前羞辱自己。但这里不是竞争的地方，所以园子依言轻轻站了起来。来到茶室后，看到女用人正在往茶盘上摆放茶具。这位有名誉、有地位的女教师端起点心盘，跟在不懂事的女用人后面，再次回到了客厅。夫人正高兴地笑着，说："真是人不可貌相啊。"看到她们进来，就停下了话头。然而在园子耳中，这句话似乎有些意味深长。她偷偷看了看笹村的脸色——还好，没什么异样。笹村依旧保持着平常那副甘于清贫的态度和一副亲切的模样接过话头："再没有比伪善更可憎的东西了。比起它来，许多明目张胆的罪恶都更值得同情。如果我遇到无法保持完美道德的情况，一定会欣然来到神的面前，接受他的审判，绝对，绝对不会犯伪善的罪。"

说完，他又没事人似的转向园子，开始说起关于美丽景色的话题。过了一会儿，夫人又下了个简单的命令。

"你去开一下那边的苇门，怎么一点风都透不进来……"

园子什么都没说，只是照做。聊着聊着，大家决定去海边转转，便一同来到檐廊下，很不巧，脱鞋石上只摆了两双草屐。

"对面走廊有我的低齿木屐，快去拿来。"

"哈？"园子的脸都有些红了，不由得瞪大了明媚的眼睛，狠狠地望向夫人的脸，却看到夫人正以万分冷漠的神情看着自己。两人的目光交错，沉默了好一会儿。笹村似是有些看不下去了，便将目光移向远处，穿上草屐后走到了围墙旁边。不久后，园子的脸上添了一缕悲伤的神色，像是忽然改变了主意似的，安静地离开了。很快，她单手提着夫人的木屐回来，恭敬地往脱鞋石上摆。夫人一副盛气凌人的样子，立即将右脚落在木屐上。园子还没来得及抬头，夫人的衣服下摆唰的一声从她的领口及头发上掠过，将头上插的梳子扫到了地面上。

奇耻大辱！渴盼名声的女教师胸中激荡着愤怒的吼叫声。自己究竟有什么罪过，要忍受这种羞辱。再怎么说自己也是教师，夫人算什么呢？之前还不是别人的小妾……外国人发泄肉欲的玩物而已！园子的脸上犹如火烧，愤然抬头，却发现夫人已经去了笹村身边，正和他在墙边并肩而立。突然一种难以言喻的悲伤情感像冰块一样冻住了园子的胸口，随后她那谦逊的心里又找回了理智：在这种场合下和夫人争执不会有什么好处。园子咬紧牙关，静静地捡起梳子，跟在了两人后面。

然而在海边漫无目的地挪动脚步时，园子开始想到，今天所受的屈辱绝不能就这么算了。一个正直的、光明正大的女子甘愿被一个卑贱的、丝毫不懂贞操价值的妇人侮辱，实在是对女子神圣贞操的亵渎，肯定不能轻易放过。话虽如此，自己又不是那种靠复仇来泄愤的性格。对了！最好的办法就是自己今天毅然离开这个家。过了快一个小时，三人一同回来后，园子已经下定了决心。

吃过午饭，笹村说要回旅馆，便辞别了夫人。之后园子几次想找机会跟主人长义以暂时休息为由告辞，却始终不得其便。终于到了这一天晚上，独自回到房间后，园子用手肘撑在窗台上望着窗外。此时月亮尚未出来，庭院完全被幽邃的暮色所笼罩。然而将近立秋的天空因饱含露水而带上了水灵的光泽，映衬着横卧的银河。沙山上的草丛及周围的虫鸣声此起彼伏，如同骤降的急雨一般嘈嘈切切，甚至压过了轰鸣的潮声。从让人心灵永不停歇的名利之城离开已经半个月，面对这清愁的秋意，园子的心中因着对笹村温柔的爱而烦闷不已。

她又仔细回想起早上的散步和两人在旅馆的对话，越来越难以忍受心中的思恋之情。同时一个疑问再次浮现：夫人为什么会为了笹村的事这么侮辱自己呢？从夫人穷追不舍的样子来看，她似乎不单单是因为笹村疏远自己才生气的。那么里面必定还有其他的理由。说到底，肯定是发生了什么不一般的事情，她才会这样向自己发泄怒火。特别的事情……可思来想去也没想明白夫人究竟为什么会因笹村而恨上自己。但这又的的确确已经发生了，她暴怒的原因到底是什么呢？翻来覆去后，突然意外地，一种讨厌的、不祥的想象自然而然地涌现出来。园子一度逼自己打消这个过于恶劣的猜疑，但让她痛苦的是：除此之外，从夫人和自己、笹村三人的关系来看，实在找不出夫人做出近乎复仇的侮辱的理由。再考虑到自己信任的笹村，不能不认定这种想象是错误的。笹村和夫人有某种关系……可这怎么可能呢？他虽然有时也会心志动摇，做出昨晚那样的事——不，即便他拥有和自己相信的完全相反的堕落品行，他总归还是个文学家，是受过洗礼的教会信徒，甚至可以说是德高望重的前辈，只要他愿意，连牧师都可以做的。这样想来，他不可能做出这种仅是想象一下就让人毛骨悚然的罪行。那么，今天的事情一定还有自己无法知道的原因，背后一定还隐藏着其他的关系。自己对他人、对恋人做出如此卑劣的推测，这本身就是极大的罪恶。自己绝不能往这方面想，只要今后不再继续受侮辱就好了。要达成这个目的，只要远离这个家庭就可以了。园子再次下定决心，将写满悲伤的脸从她那被沉重头发压得显得越发可怜的纤细脖颈上抬起，望向庭院。客厅漏出的灯光照耀着盛开的月见草，高挑的长义牵着秀男从它们前面走过。

十二

"老师！"秀男回头看见园子，立刻叫了起来。

"怎么了？"园子温柔地回答。长义和秀男都来到园子房间狭窄的外廊边坐下，这是个好机会。

长义已经满头白发，看上去只是个满心疼爱幼子的善良老人。园子静静地说自己有些事情，想明天一早辞行。长义异常吃惊，随即露出一丝令人心疼的痛楚。他茫然地看着园子的脸，半晌才语调悲伤地说："园子小姐，您到底有什么事呢？我明白，您既然开口，那事情必定非同小可……但您好不容易，下了这么大功夫……您看，秀男能读一些书了，字也能写对了。您现在突然要走，我又得给他换老师，当然，您认识的人可能有许多都能代课，但我觉得肯定没有人像您这样诚实、和善。我真的不愿意让您走。您也看到了，他的母亲是个粗鲁的人，根本没法子把秀男的教育交给她。无论发生什么事，我都想一直把他托付给您。我完全……您应该也察觉到了，我老年的安慰、一生的愿望只有把秀男培养成一个出色的人，堂堂正正地把他送入社会。只有这一件事。为此，就当是我强人所难，请您一定安排一下时间，重新考虑请假的事……"

看着老人充满诚意的脸，平时就对他寄予深深同情的园子再也说不出强硬的话来。怎么办？随着刚才下定的决心稍稍动摇，老人第一次对自己敞开心扉时自己暗下的决心又再次在胸中激荡。出于对黑渊一家深切的同情，对社会不公的义愤之情，为了慰藉这位不幸老人的心，自己不是早就决心要以最大的诚意和热心来担起教育他爱子的大任吗？如今因为自己的一点私人感情就任性地离开，丢下这一家人不管，多少有些轻率，实在不是善良之举。园子开始反省，自己因一时冲动所做的决定，其实并无多少道理。

"园子小姐，您觉得呢？我这样恳求您，都不能答应吗？"老人似乎很不放心，盯着低垂着头的园子。秀男也察觉到了他们在说什么，突然叫了一声："老师，我不要！我不要其他的老师！"接着同样也把脸凑过来看着园子。

听到这么可爱的声音，园子又怎能不被深深感动？她好像已经忘了所有的事："我改变主意了。因为一点小事，我就提出这种请求，让您担心，真的非常抱歉。今后我依旧会一如既往地、全心全意地照顾他。这件事情就不要再提了吧……"

园子再次坚定了决心，与此同时，心中还多了一些对方才草率行为的羞愧。老人高兴得几乎要跳起来，立即提议两人到外客厅边喝红茶边愉快地聊天。园子跟随老人离开院子走向客厅。

月亮已经爬上了松树梢。沐浴着细密松针间漏下的月光，他们来到一处清风可人的位置坐下。老人拍拍手，让女用人把夫人也叫来。难得的愉快时光，让她……园子这样想着，但这种场合下连表现在脸上都不合适，因此她只能默不作声。不一会儿，女用人回来说："老爷，夫人说她好像感冒了，不太舒服，正要睡觉呢。"

"怎么会感冒？刚才看着还好好的……真是麻烦！"

"嗯……"女用人这声回答不知是什么意思。

"算了，你告诉她好好休息，然后快点把茶端来吧。"

女用人离开，园子一方面为不用和夫人见面而高兴，心里免不了又在想夫人到底为什么这样执着。感冒很显然是谎话。夫人是拒绝和自己的丈夫一起喝茶，还是对自己愤怒到无以复加，以至于在羞辱完自己以后，就连和自己喝茶聊天也万般不情愿……即便不刻意去怀疑，但疑心还是自然而然地萌生出来。等再回过神来，园子环顾四周，不知什么时候红茶和点心已经摆好了。

老人静静地拿起杯子，说道："这个时候感冒……大概是睡觉的时候着凉了吧。"

"可能是吧。"园子看着略显担心的老人，无法再保持沉默，便低声答了一句。

"她身体很好，平常连药都很少吃的……"老人都喜欢操心，终于现出阴郁的神色，设想中难得的愉快场面也变得落寞起来。

园子看到老人并不知道妻子在装病，反而真心为她的意外之灾担忧，更是觉得老人着实可怜。紧接着，园子心中又涌起了更大的同情：如此正直的老人，为什么外界至今还将他看作以往那个卑劣的人，而不能赞赏他感人的悔悟之德？真心悔悟是一件多么难得的事情！

"您不用太担心。夫人平常身体一直很好，估计到明天……今晚她休息得早，明天肯定能康复。"

老人点点头，看着园子的脸，这些话似乎让长义心中回想起关于自己妻子的——从结婚时到以后发生的各种事情。他的脸色越发晦暗，说道："园子小姐，哎，说起来可能全是老人的牢骚。粗鄙之家出身的女人真是让人伤脑筋。我那个妻子，许多时候甚至可以说是我的耻辱。对自己的孩子完全不上心，一心扑在交际等无用之处上，永远把自己的事情放在第一位，至于子女教育、阖家团圆之类的家庭之事，从来就没有放在心上过。我说过她几次，但她完全理解不了我的用心，如今我也放弃了。"

随着年华老去，老人的名利之念已经淡薄，如今只希望阖家团圆，一家人快快乐乐的就好。然而夫人或许是出于天性，懒于尝试满足丈夫的愿望，当然，倒也没有做过特别让丈夫不愉快的事情。丈夫的心渐渐少了生气，她也终于变得像现在这样，几乎完全不在意丈夫的想法，不在意家中琐事，只为满足自己的健康身体与浮华的精神愉悦而狂热地追逐华服、头饰及微不足道的流行热潮。面对痛快答应自己请求的园子，老人不知不觉就开始反复絮叨自己对妻子的不满，直到发现秀男已经在自己的膝盖上睡着，这才慌忙站起身来。

月亮升到了必须抬头仰望的高度，想必已经将近十点，甚至可能已经过了十点。园子和老人分开后便一个人回到房间，把被窝铺得舒舒服服后钻了进去。然而不断膨胀的烦闷之情不容许她轻松睡去，烦乱的心绪就像一团解不开的乱麻。老人的一番肺腑之言简直比对血脉相连的亲人还要真心实意，若由此继续推测，夫人会不会因为对丈夫暮气沉沉的样子十分不满，而偷偷犯下了可怕的罪行呢？之前心里一度产生的怀疑再次无法压抑地疯长，接着又忍不住想要知道和她一同犯罪的男子究竟会是谁。最后，园子自己都觉得害怕起来，拼命想要打消这个怀疑。将那么可怕的怀疑加在自己视若生命的恋人身上是不对的，她用尽全力想要将其从心底抹去。啊！今晚怎么才能一如既往地对未来充满希望，在温暖的梦境中沉睡呢？烦闷继之以烦闷，痛苦又接着痛苦，园子努力让自己沉浸在对恋人的种种快乐幻想中，但无论如何都没法安然地合上眼睛。想尽了一切办法，几次起身又几次躺下。为了消除这些想象，园子决定去庭院中散会儿步。她正打算轻轻地打开窗户，忽然从满是虫鸣的院子对面传来奇怪的脚步声。园子忍不住侧耳倾听，随即脸色变得沉重，从套窗的缝隙中向外偷眼瞧。

十三

月光皎皎，通透得似乎能照进人的心底，万物笼罩在浓厚的水汽中，让人宛如身处梦境。大海低吟，虫儿浅唱，和阵阵松涛交织成和谐的乐曲，赞颂着不可亵渎的夜晚的平和。忽然又有一阵充满神秘色彩的奇怪声响从空中传来，那是满天重露凝结成水珠滴落的声音。

园子强撑着颤抖的眼睑环顾四处。一个人影在这寂静的夜里晃动，复又消失在大海那边的矮墙下，许多甲虫被惊动，像树叶一样纷飞四散。啊！园子不禁惊叫了一声，同时立刻联想到一些事情。已经失去了平时沉着的自我约束力的园子，匆忙跑进庭院，又忘我地朝着那个人影追了出去。

园子越过矮墙，来到沙滩上。放眼望去，月光倾洒，如同铺了一层白银的垫子。前方一二百米处出现了一个人影，正朝低矮的沙山走去。月光明亮，没有丝毫阴影，将她的姿态、打扮照得一清二楚。那人穿着华美的浴衣，腰间系着一条细细的格子花纹腰带，梳成西式发髻的头发被风吹乱，正跟跟跄跄地跑着，简直像是被恶魔附体的人走向无底的黑洞。园子紧追在后面，时而躲进松树的阴影，时而屏息蹑足地往前跑，生怕跟丢了她。不觉间走进了小渔屋旁边的小路，终于又到了小田原的街头，没多久便看到了南阳馆门前的灯光，那人的身影忽然消失了。然而园子很清楚她去了哪里。尽管早有预料，但看到这一幕，惊讶还是再次袭来，同时还有无法忍耐的愤怒及迄今为止从未有过的嫉妒，一种难以言喻的悲伤……种种从未体验过的情感此刻全都集中到一处，狠狠地刺向她的心。此时的园子不渴望什么美名，也不羡慕难以侵犯的权势，只是被狂热的恋情和难以遏制的嫉妒之火蛊惑，摇摇晃晃地来到了旅馆门前。自己究竟是为了打断这对罪恶男女的幽会呢，还是要目睹他们无法掩盖的罪证？园子已经无暇思考，看到正门一侧的出入口还像昨晚一样开着（夜似乎并没有想象中那么深），便径直向那边走去，差点和里面出来的人撞个满怀。那人看是园子，招呼道："呀，常滨小姐，这么晚怎么到这儿来了？快进来吧。别客气，进来吧。"

园子吃了一惊，像被当头泼了一盆冷水。仔细一看，居然是水泽校长。自己该怎么回应呢？园子的窘迫简直无法想象。校长殷勤地邀请她，就差伸手把园子拉进来了。园子只能惴惴不安地先跟他到一楼的一间日式房间坐下。被房内明亮的灯光一照，园子更难为情了，她的心绪烦乱，恨不能立刻跑出去——自己只胡乱穿了件睡衣，系的腰带不仅有点脏，还很难看。

竟然以这副模样出现在自己供职学校的校长面前，园子感到无地自容。如果校长问：这么晚了，这副打扮是来找谁……自己该怎么回答？如果说是来找校长的，他肯定会责备自己无礼，为什么会是这样不体面的模样。不管怎么说，自己在校长心中的信誉度肯定都会受到影响。这么想着，园子又开始悲伤起来，连手指尖都不自觉地抖了起来。然而不知为何，校长似乎并没有太在意。不，他似乎是在尽量让园子不要感到太难堪，只是漫无边际地闲聊，先让园子充分感受到他性格里光明磊落的一面，又忽然走出门去，像是遇到了什么急事。

　　园子松了一口气，但心情还是久久无法平静，总觉得有些害怕。她看起来一脸可怜，频频恼恨地打量自己的身体。这时，不知从哪里传出男子洪亮的笑声。可能是错觉，园子总觉得这笑声听起来很像笹村发出的。她瞬间忘记了一切，两步跑到窗边，小心地透过开着的拉窗向外四处张望。然而窗外是四方的中庭，正中央有个人造泉。对面那排房间的拉窗内传来一阵避暑游客喧闹的谈话声，独独刚才那个声音再也没出现过。一时间，园子如同雕塑般全神贯注地听着外头的声响，突然感觉到背后有人进来，慌忙回头一看，坐在后面的校长几乎就要贴到自己的身上了。园子慌忙后退，水泽紧盯着她的脸，做出严肃的样子说道："园子小姐，我有点儿事想跟你说。"

　　"您有什么事？"园子的脸色铁青，不知他要如何严厉地诘问。没想到校长说："园子小姐，你将来肯定要结婚的吧？"

"什么？"

"用不着这么吃惊嘛。今晚我一定要跟你谈一谈这件事。"说完，他的脸上露出令人作呕的下流笑容。这时，障子①唰的一声被拉开，女侍者把酒杯和酒壶端了进来。

今晚出了太多意外之事，园子已经有点失去自我控制力了，就连水泽给自己倒酒时都忘了严词拒绝。不得已，园子只得连喝了两杯。园子只在很小的时候，被父亲逗着尝过一点点酒，之后的二十年甚至就连酒香都没闻过。因此热酒带来的醉意很快让她全身的血液都沸腾起来。校长往前靠了靠，低头说道："园子小姐，有件事我想了很久。今晚无论如何都想跟你商量……不，是一定要请你听听我的请求。"

校长今年四十多岁，此刻他那发黑的嘴唇里突然发出了年轻时候的温柔声音，道出了超出园子想象的请求——答应和他结婚。水泽的原配妻子死后，没多久就娶了个比自己年轻二十岁的妻子，可惜前年春天这个妻子也病死了，之后过了两年寂寞的单身生活。这些事情园子早就听说过，但结婚对自己来说绝非儿戏，对方又是雇用自己的学校的校长，必须想到最缜密、最严谨的说辞答复他。在校长的再三催问下，园子终于回答道：

"我不过蒲柳之姿，能得到您的垂青，实在是我的荣幸。但

①日式房屋中在很多木条格子上糊纸而成的拉门、拉窗。

是……我是不能嫁到别人家去的……"随后将自己要继承"常滨"的姓氏，必须招赘进门的事说了一遍。

"啊……"校长也无法再强求，只得说我再考虑一下，咱们再商量。事情讲完，园子再也待不下去，立刻走出了旅馆，尽管此刻的夜色看起来是那么骇人。

出了门后，园子又立即想起了绢子夫人和笹村的事。两人现在恐怕还待在同一个房间里吧。被校长突如其来的表白惊吓后，虽然心头不免惦记，但到底没顾得上他们俩。园子的情绪再次像来时那般激荡不已，她回头看了看旅馆，正准备抬腿上去，又想到若是被校长发现就糟糕了，只能慢慢地往回走去，可心里着实是五味杂陈，思绪万千。终于躺在床上，她全身的力气仿佛都已经被夺走，像是接受了什么可怕的宣告一般，面如土色，看上去犹如一具尸体。

十四

夫人不知是什么时候回来的，第二天早上十点多都还没起床。长义老人来到枕边，关切地询问她的病况，然而到将近下午三点——自由自在的凉风开始吹散暑气时，夫人决定回东京。她说自己头痛难忍，似乎不是普通的感冒，小田原又没有像样的医生，所以想趁病情还没严重返回东京，尽早接受治疗。就这样，缟子把丈夫和孩子丢下，坐车直奔国府津的车站。看到这副情形，园子还以为她的话有几分可信，结果当天傍晚偷偷去了南阳馆找笹村时立即发现了一个可怕的事实。旅馆的女店员告诉园子，他已经在下午出发了——看样子笹村是为了赶上夫人乘坐的火车。恐惧和惊愕越来越深，让园子几乎浑身颤抖。回到家，来到房间，立刻有一张明信片映入眼中——笹村说自己有急事要回东京。园子忍不住哇的一声哭出来，又收住声音，伏地痛哭了三十多分钟。

哎！园子已经没有责怪男人罪行的勇气，也没有了为他欺骗自己的事而愤怒的勇气……她丧失了所有的气力。她甚至没有力气思考自己怎么会相信那么肮脏的男人，只是一味地悲伤，那个人为什么会犯下这么可怕的罪行？笹村到底是从什么时候开始和夫人有这种关系的？是在和自己做约定之前，还是在那之后？总之，从情形上看，最近两人已经许久没有往来了。究竟是什么样的一念之差，才会让那人做出如此可怕的事？对自己来说，简直是难以想象的。然而昨天自己偶然的怀疑不幸被证实，甚至还目睹了他们幽会的事实，今后要如何面对那个人？为了避免顽固的养母到时反对，自己都已经提前跟她打过招呼，结婚这件事必须由自己做主，结果现在已经完全没有意义了。那人或许根本不像想象中那么爱自己。他嘴边虽然经常挂着爱的神圣之类的话，其实只是为了一时肉欲才爱的自己。但自己怎么都不相信他会是那么不道德的人。按理说，接受过洗礼的信徒对着上帝发过誓，已经没有什么可怀疑的余地。话虽如此，自己却看到了让人如此悲伤的事情，所幸肉体的贞操并没有被夺走……结束这段恋情会更幸福吗？然而回想起来，自己总觉得他不会是品行那么低劣的人。暂时先这样吧，等到完全揭穿他们的秘密……不行，自己必须主动劝诫，让他早日悔罪。万一这个秘密传到长义老人耳朵里，事情会变成什么样？一心盼望家庭和睦的老人，身体能否承受得住？一方面，让他悔悟是自己作为恋人的责任；另一方面，瞒着老人，宽慰他，是自己对他平日里诸多照拂的最大回报。园子稍稍恢复了些勇气，很快提笔写了封信，如一无所知般诉尽了诚恳真切之意，而强烈的痛苦和悲伤又让她忍不住整晚流泪，浸湿的衣袖几乎可以拧出水来。

伴随着无尽的泪水，七月很快就要结束，夫人离开后再也没有回过小田原。想到她大概正在东京那空旷的房间里享受着不正当的欢乐，园子的心中五味杂陈。

原本打算八月份返回东京后做结婚的准备，如今也已经不得不放弃。这个绝望的八月依旧酷热难耐，时间依旧不停地在流逝。一天早上，园子听见老人吃惊地大声叫嚷，不停地在呼唤自己的名字。

发生了什么事？园子心里一紧，心脏剧烈地跳动，连呼吸都有些困难。她赶忙来到老人的房间坐下，老人表情悲伤，手里拿着一张报纸，可怜巴巴地看着园子的脸。

"您这是怎么了？"

"园子小姐……说到底，都是我的错！"他指着报纸，把它递到园子面前。

"发生什么事了？"园子连忙出言问道，随即立刻将视线转向了报纸。杂栏开头的地方用二号铅字印着大大的标题——向岛的妖窟！正义之士可还记得黑渊家?！标题很能吸引人的好奇心，足足占了好几行的版面。不是关于夫人的事，园子松了口气，但还是不放心。挑着读了一点，大概看出是攻击富子的。文章说向岛树林深处的宅院里有一处独立的房间，是富子引诱艺人耽于淫乐的密室，大房子里也有几间暗室，许多妇人常来这里肆意纵欲淫乐。园子知道宅邸里并没有暗室，尤其树林间除了凉亭什么都没有，无非是一些夸大其词的报纸为了销量胡编乱造而已。不过从富子平常的言行举止来看，找来艺人为酒宴助兴应该也是事实。园子抬起头说道："您别在意，不可能有这种事。"她想宽慰老人的心，故意做出若无其事的样子。

老人低沉地说："不，即便没到这种程度，肯定也不会完全是捕风捉影。园子小姐。我们一家尽是些丢人的事。"

园子一时找不出安慰的话。老人略低下头，又马上抬了起来，用带着真心悔恨的悲伤语调说道："但是，园子小姐。我绝对不恨这个被人唾骂的女儿。我真心觉得……这一切说到底都是我不好。如果我有一个能堂堂正正出入社会的身份，即使是食不果腹、衣不蔽体的身份，我的女儿也绝不会变得如此怪僻。想到这儿，我不怪别人，只恨自己以前犯过的错。啊！全都是我的错！我做了可耻的事……"

对如今的他来说，灿烂的黄金之光、处处荣华的深宅大院有什么价值呢?！只剩下深深的悔悟。然而悔悟也没有用。这个社会看似宽大，却永远恶作剧般地高举着正义之锤，不知什么时候才会落下。它永远也不会接受这个老人的悔悟。不仅如此，它还要彻底埋葬这个一度犯下罪行的老人的所有希望。

园子再也想不出新的安慰之言，只是和平常一样反复地劝慰道：真心悔悟是难得的德行，只要能幡然悔悟，所有罪行都应当一笔勾销；社会舆论未必完全正确，只要真诚地坚持信仰，自求安心就足矣。说了一会儿后，园子便辞别了老人。从第二天起，报纸每天都在连载，老人苦闷异常，终于决定自己一个人回东京找富子问清事情的虚实，否则怎样都无法安心。已经连续五天了，报上满是激烈的谩骂文字和街头故事般猥琐的章节，里面的内容对一般读者来说，简直比小说还要吸引人。

十五

老人将秀男托付给园子，当天傍晚就独自坐上了前往国府津的火车，到达小石川的家中时，已是晚上九点多钟。女用人没想到他会忽然回来，有些仓皇失措。老人还未摘下帽子便先问了夫人的病情。女用人的脸色有些怪异，答道："夫人正在后面的房间会客。"

"客人是谁？"

"是那位笹村先生。"

"哦。"老人想到这人自己也曾见过几次，还介绍园子来自己家里，的确不是需要特别避讳的客人。他随即穿过西式楼房长长的走廊，沿着日式房屋宽阔的檐廊来到最深处的夫人房间外。拉开关闭的纸门，只有明艳的灯光照耀着整个房间。老人有些吃惊，立在檐廊下无所适从，突然隐约听到夫人肆意的笑闹声从远处庭院里的树丛间传来。

老人赶忙穿上木屐，朝树荫深处的凉亭走去。厚厚的苔藓和草坪盖住了地面，踩在上面也发不出任何响声，因此夫人似乎没有察觉到有人过来，那肆无忌惮的嬉笑声变得越发清晰可闻。老人跌跌撞撞地来到距离凉亭四五米远的池边，听清了夫人在说些什么……语气很随意，那绝不是会对一般来客说的话。老人下意识地藏身在树丛之间，努力探头窥视。和昨晚的天色不同，今日的夜空中，不时会有云团遮住月亮，忽地四周便陷入了漆黑。过了许久，月光又从黑云旁漏出些许。一幅意外的光景借着朦胧的月光进入老人的眼中。这让他感到一阵凉意，不由得别开了目光。就在这时，浓云再次将天地笼罩在一片黑暗之中，只有夫人那恍若重回二十岁少女一般的明媚之声，穿透澄澈的夏夜，清晰地传入老人的耳中。老人如遭雷击，衰老的身体止不住地颤抖。他一屁股坐在地面上，透过树叶仰望着无比黑暗的天空。不一会儿，明镜一般的月亮再次露出头来。老人不再抬头，似乎连暴露在这清光下都觉得羞耻。他悄悄地返回客厅，没有发出一点儿声响。

绸子夫人没有发现任何异样，她正如痴如醉地靠在男人的膝盖上，抬起上半身问："笹村，你真的会和园子断绝关系吗？"

笹村轻轻点头，依旧握着夫人的手。许久以来夫人满心的挂念和担忧终于一扫而空，如同热带的风为世界带来春天一般，难以形容的喜悦让她感到似乎就连全身的血液都恢复到了年轻的状态。其实在笹村第一次拜会她之前，夫人便长期处于一种不满足的状态。她的身体依旧保持着年轻时代的健康与活力，甚至与她现在的年龄都不相称。然而阴郁的丈夫长义已经垂垂老去，丧失了一切欲望，和自己并不合拍。为了排遣由此而生的种种不满足，夫人起初选择去剧场、集会、教堂等热闹的场所寻求慰藉。直到偶然和笹村相识后，原本就缺少教育、道德感匮乏的夫人很快就生出了不应有的幻想。她的心被搅乱，似乎不再是大富豪家的夫人，而是变回了做外国人侍妾时那个轻浮的阿绸。同样是在某个黄昏，同样是在这个凉亭，她得到了一时的满足。靠着自己的手腕，或者说至少因为自己的存在，丈夫才能拥有这样庞大的财富——虽然从来不曾形之于色，但夫人一直都是这么想的，因此她对丈夫并没有太多的愧疚。她最害怕的反而是被那些曾猛烈攻击过自己，一度毁灭过自己巨大希望的报社发现。因为害怕，夫人曾几次强行从心里抹去了漂亮男演员的面孔。不过笹村是文学家，又是宗教家，名声清白，只要他自己不泄露两人的秘密，事情就不会败露。然而笹村并没有余暇思考其中的差别，被夫人的纤纤玉手用西洋酒温柔地灌醉，曾在花柳巷中搅动几十个女子心湖的伎俩全都开始怂恿自己，让他如何能够保持纯洁的心态！他几乎魂飞天外，如在梦幻中一般接受了夫人递来的罪恶。

啊！情欲的力量实在太过强大！心里生出的所有欲望中，情欲是最卑贱、最可憎的——人们心甘情愿地接受这一道义的法则，却又不时想要打破它。笹村无疑是真正受过洗礼的文学家，庄严的、愉悦的太阳光线照在身上时，他是纯洁的神的信徒；然而每当夜的黑暗世界降临，恶魔便会挥动着强健的罪恶翅膀向他袭来。这时本应伏地做救赎的祈祷，忽然有天他忘却了祈祷的话语，反而让恶魔的耳语钻进了心里。有时，深夜时流过街道的净琉璃三味线声、上野一带的钟声，在他耳中都有了别样的韵味——像那些肆意渲染花街柳巷、其乐无穷的通俗小说里形容的那样。可是这可怜的青年，因为怕被紧紧包裹住自己的宗教和道德所苛责，从不敢靠近那些下贱的地方。就这样，在他的生活中，夜晚时心灵的堕落和白天高涨的功名心神奇地泾渭分明，互不干涉。随着年龄的增长，这截然相反的两面也按部就班地发展，如同即将泛滥的洪水一般，全靠坚固的道德大堤将它们挡住。然而一个不幸的机会——当他接受缟子夫人意外的邀请时，大堤便瞬间可悲地崩塌了。他梦游似的回到寓所，躺在自己的房间里，心中充满了恐惧，害怕自己就这样堕入无底的地狱。他拼命地哭喊，在黑暗中祈求神的救赎。可惜道德的大堤一旦被冲破，便没有那么容易修补，尽管后来他慢慢避免和夫人接触，但犯过一次罪的人已经没有勇气再次保持从前那样的德行。不久后，他偷偷盘算自己周围的女性，发现最美的还是园子。更意外的是，从向岛回别墅时，园子竟然答应了自己的请求，可惜最终没能发展到想要的那一步，反而使他和夫人变得越发难以分开了。

"笹村，我们这就算是生死之约了。你记住，今后如果背叛我，我拼了性命也会'报答'你的。"夫人的语气昭示着她是多么需要这个可爱的年轻男人。在小田原，意识到自己的男人已经被园子夺走后，夫人难受得如同被一块炙铁烤烂了心，接着又陷入了难以言喻的悲伤。自己如今已经四十多岁，不，准确地说是快五十岁了。这个声音提醒着她，像葬礼上那埋葬希望的钟声一般不断在心中回响。现在自己要怎么做才能得到男人的爱？她曾沉浸在无底的悲伤中无法自拔，但如今又把这个男人拉回了身边，她再也顾不得别的，只是一味地狂喜。而笹村在南阳馆的房间里没能得到园子，像丢失了手中的珍珠一般心痛，自那以后，心态就开始变得扭曲，也不像以前那般恐惧了，便肆无忌惮地配合着夫人的所有举动。

过了一会儿，两人同时离开了凉亭。快到屋里时，两人又完全变回了夫人和访客的角色，皆以一副彬彬有礼的谦逊态度，装模作样地往回走。这时女用人迎上来说道："夫人，老爷已经回来了。"

"啊？为什么……"夫人的声音稍稍提高了些，笹村已经是脸色铁青。

"不太清楚。他正在西式楼房的房间里。"

"知道了。"夫人怕女用人察觉，努力压抑着剧烈的心跳，"告诉老爷，我马上过去。"

待笹村慌忙离开后，夫人轻轻打开了丈夫房间的门。

十六

　　暗淡的灯光泛着冷清，照亮老人的半边白发，另一半陷在了阴影中。老人还穿着西装，躺在长椅上，瞪大了痛苦的眼睛，死盯着墙上挂的一幅画像。那是夫妇两人结婚的时候找人画的，三十多岁的青年男女愉快地手牵着手。看到老人沉浸在感慨中的样子，夫人先是感受到了深沉的痛苦，下意识地想要转身逃离房间。然而她又立即打消了这个念头，开口叫了一声：“老爷。”

　　老人似乎没有听见，双手抱住头，发出了一声长长的叹息。

　　“老爷，你这是怎么了？”

　　老人像是被什么东西打了一下，突然惊得从椅子上跳了起来，呆呆地看着夫人的脸，半晌后再次颓然倒在椅子上。

　　看这情形，缟子终于意识到事情很不寻常。她用力握紧发颤的双手，佯装镇定地问老爷为什么突然回家。听到老爷回答说看到报纸，担心富子才回家，夫人稍稍放下心来，复又赶忙说其实自己的病也不甚要紧，十多天就痊愈了，正打算明天回小田原呢。

　　第二天，老人不顾八月东京那火烧般的酷热，上午就坐上马车赶往富子在向岛的家。还没进门，便听见一旁玩耍的小孩子们大喊："看哪，淫乱大屋来了马车！"这让老人意外地又吃了一惊。一会儿见到富子，富子倒是很平静，一副全然不放在心上的样子。她对着父亲把社会痛骂了一通，又把报纸上新闻的由头说了一遍。

"爸爸，您真的不用为这些事担心。这家报社的人想来我这儿打秋风，让我毫不留情地顶回去了，所以才写那种东西诋毁我。要是桩桩件件都计较，日子可就没法过了。报社的那群家伙大都与破落户无异，尽是些有前科的罪犯。若是每个人都拿他们写的东西当真，我觉得这个社会也没什么指望了。随便他们怎么写吧。拿我们这种人做素材，要是能让报纸大卖，就权当我们为他们的生计做了贡献吧！您想一想，穷到专门盯着别人的缺点赚钱，做这种工作的人还真是托生失败者呢。"

又过了两三天，待关于富子的报道材料匮乏后，报纸又将目光转向了老人的生平、夫人的秉性——二十多年前就有报纸写过的事情，如今又拿出来充版面。老人每天早上读着这些荒谬的报道，回想起过往的种种，想到夫人现在的不检点……他感到狂怒，自己当真已经没有半点体面可言了。

二十多年前的自己还是个皮肤白皙、相貌英俊的翩翩青年，和墙上挂的画像一模一样。那时阿绮一个亲戚也没有，是个无依无靠的长崎艺伎。因为貌美，她被传教士 B 相中，后又成了他的秘密情人。这件事除了自己，没有任何人知道。然而没过多久，她便满口怨言，非要和自己建立起那种见不得人的关系。传教士死后，按他的遗言，阿缟继承了他难以想象的巨额财产的一半——另外一半捐给了英国的孤儿院。按照阿缟的意思，自己虽然有些许不安，但还是同她结了婚。之后一家人被社会排挤，到如今都无法公开露面。二十多年的烦恼——明明拥有的财富足以支撑一家人随心所欲地活动，却只能压抑熊熊燃烧的功名心，蜷缩在社会之外——这是何等难以忍受的痛苦！自己造下的罪孽还波及了女儿，让她变得如此乖张。纵然自己真心忏悔，世人也毫不关心，甚至传出这种捕风捉影的流言，让人如何能不悲伤！自己垂垂老矣，最后唯一的愿望不过是家庭和睦而已，如今也成了泡影，这又是何等残酷的惩罚！我的妻子犯了通奸的罪，却还在狂喜！啊！因为自己渴望富贵，用不够正当的手段获得了财富，一时的过错竟换来了如此恐怖的惩罚。当时怎么就没有预料到这个后果呢！老人的眼睛被止不住的泪水润湿，现实的生活已经全无希望，"死"这个冰冷的念头在心中萌生出来。为外国人做了那么久的翻译，老人并不是完全不信上帝，然而说自己是信徒，也不过是为了取得他们信任的托词，他从不甘心把自己可悲的命运完全托付给上帝。但从报纸的笔调来看，夫人的不检点行为显然已经败露，犹豫片刻后，老人终于坐不住了。

就在早上，老人读到了一则名为《请看明日报道》的文章。他知道事态已经很紧急了，不管花多大的代价都要把这件丑事遮住，绝对不能让外界知道。他想了想，决定给报社塞一点钱来摆平此事，于是套上马车出了门。快到江户川时，老人听见有人在高声咒骂自己，还没回过神来，车子的玻璃窗便被一颗石子砸碎了。玻璃碎片径直飞入车厢内，扎破了他的额头，鲜血一滴滴流进眼中。

因为这一阵骚乱，老人不得不返回家中。虽然听说夫人刚刚出门去了，却也没有勇气打探她到底去了哪里。老人立即请医生来诊治，碎片不光是深深扎进了额头，左眼球也受了点伤。七八层的纱布将老人原本就阴郁的脸牢牢地盖住了一半。

随着血管的跳动，老人觉得伤口阵阵发疼，浑身都疲惫不堪。他维持着衰弱的呼吸，倒在长椅子上许久都没有动，犹如一具尸体。忽然，他又像想起了什么似的挣扎着起身，然而八月中旬午后的酷暑让人头晕目眩，以他现在的状态根本撑不到远在银座的报社。在这太阳最毒的时候，夫人去哪儿了呢？而且一走就是大半天。老人如同昏迷一样又倒了下去，借着尚还完好的右眼盯着两人年轻时的画像。过了一个多小时，老人合上眼，满是皱纹的脸上现出苦闷的神色，双手和双脚都在不停地颤抖。老人已经完全忘记了出门的事，只是陷入了无尽的沉思。他的脸上毫无血色，泛着一层可怕的青色，手脚颤动得越来越厉害，有时全身的肌肉都会跟着抖动起来。

葱郁的树木围绕宽阔的宅邸，外面的街上静寂无声，仿佛已经被酷暑折磨得断了声息。砖石结构的西式楼房有着高高的屋顶，树丛间偶有清风漏进屋内，倒也并不觉得酷热难耐，只是安静得有些可怕，不时还有一些奇怪的声响从四周的墙壁里传出。从窗户望向院子，龟裂的灰色土地上，树木、石材、建筑物的影子一片漆黑，比墨尤甚。除此之外，满眼尽是难以描摹的、残酷的无色日光。它饱含着无限的热度，却又毫无感情地照射着一切。这痛苦的、沉默的盛夏白昼里，除了满院枯燥而乏味的蝉鸣，似乎找不出一点儿活物的影子。

在这明亮的寂寞中，老人要沉默地思考到什么时候？哎！这被剥夺了所有希望，又满心羞愧的老人！因烦恼和苦闷而疲惫的身体已经承受不住皮鞭一般的苛责，似乎即将走向可悲的终点。老人忽然麻利地起身，从抽屉里取出了信纸和笔，拼命写了一个多小时。突如其来的开门声把他吓了一跳，赶紧将信纸放回抽屉里，目光炯炯地望向身后。来人吃惊地啊了一声后，一屁股坐到了前方的椅子上。

进门的是缟子夫人。可当她看到老人那怪异的脸色、可怕的模样以及缠满了绷带的半边脸后，缟子脸色铁青，一句话也说不出来。

十七

眼看着报道数量越来越多，园子决定这两天就回东京去。就在老人去报社的路上受伤那天的傍晚，南阳馆突然派人送来一封书信。打开一看，是水泽校长写的。信上说自己一路从箱根到沼津避暑，因为一些事耽搁了，直到今天下午才回到小田原。自己想和园子小姐再详谈一下上次说过的事，请今晚务必来旅馆一趟。园子找不到拒绝的理由，只得在晚上七点左右独自一人去了水泽的房间。想到上次自己不体面的模样，园子专门穿了一件刚刚浆洗过的质朴单衣，头发也梳得整整齐齐，完全一副端庄女教师的模样，进门后便温柔地和校长打了招呼。

"谢谢你能来。啊，你放松些……"校长努力挤出煞有介事的声音。然而他穿的是旅馆劣质的平袖浴衣，所以没过多久就从跪坐变成了盘膝而坐，"这里和东京不同，所以园子小姐，你真的可以放轻松些。那我先随意一点吧。"

园子始终保持端正的坐姿，只是偶尔轻轻扇动团扇。

"我在信上也说了，园子小姐。关于那件事，我想再和你好好谈一次……"校长说这话时，旅馆的侍者把提前吩咐好的酒菜送了进来。

"嗯，那……先喝一杯吧。"

"您请用，我不喝酒。"

"别客气，就喝一杯。要是干聊的话，这种事……还真的两个人都有些尴尬呢。哈哈哈哈。"

园子无奈，只能干了一杯。

"园子小姐，前些天你说……这件事从我嘴里说，还真是有些尴尬。你前些天说不能外嫁是真的吗？"

"是的。确实如此。"

"那么，我说的事你还没告诉家里吧？"

"没有，那种事……"

"哈。那么……未必就完全不行吧？我是不是至少还有一丝希望？"水泽看着园子的脸，已经连喝了四五杯，大概是想借着酒劲掩饰这个话题带来的尴尬。他又喝干一杯，并示意园子也喝下，口中则继续说道："既然还没问过你母亲的意思，说明也不是没有转机的对吧？"

园子用手推开杯子，答道："不，母亲的想法原本就是……"话没说完，水泽又给她斟了个满杯。不得已，她只好曛了一小口，随即便放下了酒杯。

校长忽然一副恍然大悟的模样，开口道："园子小姐，不然换成啤酒如何？我现在就叫人送来……"

"不了……我什么都不喝，您请自便，不用在意我。"

不过啤酒终于还是被送了来，从园子的杯中满满溢出。园子从未被人这样硬劝过酒，虽然每一杯都克制着少饮，但又怕怠慢了主人的盛情，最终还是喝到了两颊发烫的地步。

"你母亲的想法是……"水泽也是满脸通红，再无半点尴尬模样。

"她为了传承姓氏才收我做养女的，因此我想一般情况下她不会让我嫁到别家去的。"

"啊，这样吗。我明白你母亲的想法了。可是你呢……你对我是怎么想的呢……如果我愿意改姓入赘，你愿意嫁给我吗？"

"呵呵呵，您改姓……别开玩笑了。"

"不，我这句话是诚心诚意的。虽然看起来有些草率，但那真是我的决心。我把心思说得这么明白，就是希望你务必答应我。园子小姐，可否先抛开其他因素，把你真实的想法告诉我呢？"

园子低着头，不知该怎么办才好。校长的性格和自己之前想象的差别太大，身为教育家，居然如此嗜酒。不仅如此，虽不知缘由，但他对自己雇用的教师毫无顾忌地说出求婚这种事，如此轻浮，实在不是一个校长该有的样子。虽然这里是乡下，无论发生什么事也只有自己一个人知道，但他的行为还是太过寡廉鲜耻。即便他不是这个样子，但如今自己已有恋人，虽然只是一个可悲的恋人，但即便如此也是不会与他谈婚论嫁的。

回想起来，自从在向岛的大堤上第一次和他亲密交谈后，他就对自己种种逢迎，可见他早就存了这个心思……意识到这一点后，园子的心里既委屈，又愤怒。本想索性把自己的意思明明白白地说与他听，可转念一想，对方毕竟是自己的上司，若是说得太过直接，必然会对自己的未来有所影响，还是委婉一些比较好。心中思定后，她轻轻抬起头道："我并没有什么特别的想法……只是准备照养母说的去做。"

"啊。果然是母亲的……"水泽显得有些急迫。在日本酒和啤酒的混合作用下，酒劲不停地上涌，他觉得浑身的血液仿佛都开始沸腾了。自从失去年轻的妻子后，和年轻女子狂欢已经成为他唯一的嗜好，然而长久以来都没能得到满足。如今借着酒力，这个嗜好又开始搅乱校长的心。水泽放在膝盖上的一只胳膊不自觉地滑落，斜撑着身子，"但是园子小姐，我不太能接受你的这个理由。你已经不是十几二十几岁的少女了，你既然能够独立教育一个班级的学生，就该有自己的想法。现在你说对结婚没有任何想法，哈哈哈哈，怎么可能嘛。当然，我问的不单是你对我个人的想法。园子小姐，你比较喜欢什么性格的男人呢？"

"什么性格，呵呵呵。我还从来没考虑过这件事呢……"园子又低下头，酒精让她感到了些许头痛。

"哈哈哈哈，园子小姐，这么隐瞒可不好。今晚，在这里，我是说，和东京可不一样。在这里，不需要满是机巧的体面、礼仪，我们应该逍遥自在一点，坦率地吐露自然的情感。好了，园子小姐，再喝一杯，大胆地告诉我吧。"

"哎呀，别倒了。"酒杯又被倒满，园子无奈地又喝了一口。她已经醉得厉害，额头上冒出了汗珠，再也维持不了端正的坐姿。

忽然一阵风吹来，灯火不停摇晃，几乎就要熄灭。有个房间传出说话声："是不是要下雨了？"园子这才醒觉自己已经坐了很久，早已到了更深露重的时分。她的心里莫名地有些不安，透过窗户仰望外面的夜空。平常这个时候月亮早就升上来了，今晚的天空却十分暗淡，连星星都看不到。

"水泽先生，我这就告辞了。"

"啊？你说什么？现在……才刚过九点吧？慢慢……慢慢聊嘛。"

水泽斜撑着身子，用迷离的眼神打量着园子。灯光映衬下，园子的模样显得越发迷人。她工整地束着腰带，发髻间插着一根系有小缎带的发簪，看着真像两年前永远离开了自己的年轻妻子。一股爱意从心底涌出，水泽决心无论如何都要和她结婚。年轻妻子陪伴时的快乐，与今日的寂寞一并袭来，这种混杂的情绪让他感到难受，这样的寂寞日子，自己真是一天，不，哪怕一晚上也不想忍受了。他只想立刻找到一个能给自己安慰的人，半小时也等不了了。

水泽已经醉了。他用充血的眼睛盯着园子，急促地说道："园子小姐。我愿意放弃一切娶你。其实我早就有这个想法了，大概是在一年前吧。只是当时我妻子刚过世不久，也没有合适的机会向你表白心迹。但是我现在已经提出来了，我的……这些缺点也对你毫无隐瞒了。所以如果你不答应，我是怎么都无法安心的。今天跟你说的这些事，都不是以校长的身份来开口的，你甚至可以把我当成趴在你脚边的奴隶。因此如果这件事就这么不了了之，今后我们恐怕也无法再像以前那样相处了……园子小姐，一定要和你的母亲好好商量，答应我的请求。万一，万一你实在没法子改姓，我也不介意。任何时候，你都可以继续用现在的姓，生了孩子以后，也可以让他先姓常滨，然后你们再入我家的户籍。如果要我这么做，我也能答应……总之，先采取一个可行的方法，答应我，好吗？现在我只想要你个人的承诺。"

"我个人的承诺……结婚这件事不是我一个人就说了算的。如果我没有养女这个身份，那我可以毫无顾忌地对任何人说出自己的想法。但我是养母养大的，于情于理……我只能说，我会和母亲商量。还望您理解。"

园子的回答谦逊而又明确，水泽再没有了勉强的理由。然而他纷乱的心已经被园子的美貌所填满，如果得不到肯定的答复，是怎么也放心不下的。而今晚，为了顺利展开这段尴尬的谈话，他已经喝了不少酒。原本还顾及校长的体面，担心醉后失态，可现在的他已经完全被园子的姿容所倾倒，只剩下狂潮一般汹涌澎湃的心动。水泽冥思苦想，如何才能让她答应自己，然而始终找不到合适的言语来应对园子最后的答复。园子安静地理了理衣服，说道："我告辞了。养母那边我会尽快和她商量，承蒙您多次款待，真的非常感谢。"郑重其事地道谢后，她站起身来。

这个美丽的女子要从自己身边消失了，水泽万分不舍，几乎想要硬把她拉进自己怀里。然而园子已经站起来，总不能真的去扯她的衣袖，便只得怅然若失地答道："失礼了。"突然他又灵光一闪，"我送你回去吧。今晚本来就是因为我，才害你待到这么晚，而且今晚的天还特别的黑，你一个女孩子家太危险了……反正我也要散步的，别跟我客气。"

园子无法推辞，只好和水泽一同出了南阳馆。

十八

云层饱含着雨水，将天空深深埋葬在一片黑暗中。强风带着沉重的湿气一阵阵吹来。西边的天空中不时有淡淡的电光闪动，似乎在酝酿着一场暴风雨，叫人心里害怕。园子不想走海边的近道，这会儿她宁愿绕远一些也要走明亮的大街。然而水泽领先了一步，已经拐进了通往海边的小路。把他叫回来似乎不妥，那就抄近道早点儿到家吧。园子这样想着，在幽暗的小路上悄悄加快了脚步。

"真够黑的。"水泽没想到路上黑得连脚下的路都看不见了，不免有些惊讶地嘀咕了一声。他醉了，步伐也显得有些踉跄，只好回头道："园子小姐，太危险了，我们走慢些吧。"话音刚落，就被小石头绊了一跤，摔倒在地。"哎呀，您小心。"园子慌忙拉住水泽的手，把他扶了起来。

"呀，不好意思。"水泽被园子柔软的手拉起身时，园子正微弯着腰，轻柔的呼吸软软地掠过他的脸颊。站直后，他用一只手拍了拍下摆和衣袖上的尘土，抬头间无意地一瞥，看到园子那如同染雪般白皙的脸庞。这个时候，他的另一只手还下意识地不想放开。直到两人再次迈开步子，园子轻轻地想要把手抽回去，可水泽硬是握着不肯放手。

手被水泽牵住以后，园子越发加快了脚步，再也不说一句话，只是沉默着朝前赶，不一会儿就下到了海边的沙山。海面发出可怕的轰鸣，狂风凶猛地直扑而来，有时让人不得不侧过脸去躲避。

"真是吓人！"水泽仿佛在自言自语，嘀咕着跑下沙山。这时两人握住许久的手都出汗了，园子能真切地感受到指尖传来水泽的温度。水泽全身的血液都随着这温度加快了循环，心跳得咚咚直响。察觉到自己的变化后，水泽克制不住地生出了种种想象。回想起和年轻妻子手牵手时的快乐，一直以来虚无缥缈的愿望终于冲破理智，汹涌地向心中袭来——能把这么漂亮的园子留在身边就好了！

水泽今年已经过了四十五岁，为什么还如此渴望得到年轻的妻子呢？水泽小时候家境贫寒，无法支撑他长期求学，无奈只能进了衣食都由官费负担的公立师范学校，毕业后辗转许多中学、普通师范学校做教员。五年前，在朝的绅士创办了女子学校，并推荐他做了校长。然而他的性子是绝不会满足于这个死板的职务，原本打算先做着，待履行完官费毕业生须投身教育事业三年的义务后，再立即找一份对品行要求不高的职业。不过这个愿望终究没能实现，尽管诸多不满，他还是不得不永远留在了教育界。随着地位不断上升，他的责任越来越重。相反，生活方面虽然变得自由，但他依旧感觉职责上的重担压得自己喘不过气，总想着如果环境对自己的束缚少一点，就能不时放纵一下，以缓解心灵的疲惫。仔细想想，缺少了酒醉后放声高歌之类放纵、低俗的快乐会对人的一生产生什么样的影响呢？认真思考这个问题似乎显得有些愚蠢，教育家的身份已经宣告了自己与它们绝缘，但这反而让人生出了无限的想象，如同犯人透过牢房的窗户仰望自由世界的天空。他开始频繁回忆起在故乡的中学时，自己做过的那些坏事，那时的生活真令人怀念。同时，他又为自己今后再也无法体验那些快乐而感到烦闷，乃至绝望，终于做了一个决定。不久后他开始主张极端严厉的道德，抚慰自己几近狂暴的心。看到有学生抽烟，立即命令退学；听到有学生高声吟诗，马上加以严惩，他对这样颇为暴虐的处理乐此不疲。过了三十岁，他居然意外地娶到了十八岁的娇妻，长久以来折磨他的不满足立即彻底消失，精神状态也自然恢复了安稳。不想陪伴自己七年后，妻子病逝。随后迎娶的继室也没超过二十岁，被丈夫异样的热情折腾了几年，虽然锦衣玉食，生活上处处奢靡，却也不幸因病早亡。水泽至今仍没有孩子，依旧保持着年轻时的活力，第二任妻子死后他立即开始盘算续弦，却迟迟找不到合适的人选，这两年反倒比以前觉得更寂寞孤苦了。

　　这位不幸的教育家已经方寸大乱，陷入恍惚的空想之中，忽然又回过神来，死死地盯住园子。疯狂卷来的波浪泛着白光，稍稍减弱了四周的黑暗。随着闪电越来越耀眼，风也越刮越猛，园子长长的衣袖被吹得向后翻卷，仿佛快被撕裂了一样。朦胧之中，水泽看见她露出一段雪白的手臂，微微弯着身子，边走边合拢和服的下摆。已经没有余力再想别的，在醉意的驱使下，水泽将两人牵着的手握得紧了又紧。

园子吃惊地挣开手，定定地望着水泽的脸，许久才说："那个，不好意思……马上就到家了，您不用再送，我这就告辞吧。"

水泽做出若无其事的样子，说道："没关系的，已经送到这里了，你不必客气，我送你到家吧。"说完又想去牵园子的手。园子不知怎么了，厉声道："你要干什么！"拨开了他的手。

水泽被一声喝退，不由得心生踌躇，觉得有些难堪和羞愧，瞬间明白自己的举动实在过分。不知该怎么回答，他默默地回望园子的脸。忽然间一道尖利的闪电划过，他看到园子的眼中闪着苍白的光，正盯着自己。那眼光锐利无比，仿佛在痛斥自己的罪恶。为了有勇气提出难以启齿的请求，也为了拿出光明磊落的态度一举谈妥婚事，水泽故意对自己的缺点全不隐瞒，喝了许多酒。现在他十分后悔，酒也稍微醒了些，想到之前园子深夜时慌慌张张地从海滨路过，第二天晚上又在差不多同一时间穿着睡衣来到旅馆，心里有些明白起来，园子不答应结婚，除了养母家的原因以外，或许还有别的内情。园子坚持不答应婚事，又看到了自己所有不为人知的缺点，今后自己还有什么体面可言？必须让她开口答应自己，要用什么手段呢……他又暗中打量园子，从头顶到脚底毫无遗漏。这时又一道闪电亮起，同时一阵暴风刮过，仿佛天翻地覆一般。

"园子小姐。"水泽似乎下定了决心，大声叫道。然而人声被暴风吹散，没能传到近在咫尺的园子耳中。园子狼狈地缩着身子，紧紧拉住衣服前襟。

水泽可怖的络腮胡子被风吹乱，几乎要倒竖起来，两只眼睛在黑暗中灼灼放光。

此刻的海滨一片苍茫，闪落的电光亮起时，滚滚的怒涛巨浪便从幽深的暗黑中突然袭来，似乎想要撕裂大地，将整个伊豆半岛都夺走。天边一角涌动着奇形怪状的云团，海边小山岗上的松林几乎要被连根拔起。混乱不堪的景象在苍白、凄怆的光中显现，转眼间又全被埋葬在深沉的黑暗中，只剩下白色的浪花四处飞溅。谁能想得到就是在这片沙滩，恋人们曾流连在浅黄色的早上和紫色的黄昏，踩着如银的沙子，听着大鼓般的潮声愉快地散步。暴烈的疾风在大海上嘶吼，仿佛是毁灭世界的咒语。卷起的沙砾飞扬，打得人睁不开眼睛，似乎轻易就能将两人掀翻在地。

这是多么可怕的景象。此时此刻还站在这狂暴的景象之中的，全世界恐怕只有面色可怖的水泽及身量窈窕的园子两人而已了。

在狂怒的天地之间，一个强壮的男子想要占有一个弱小的女子实在是太容易了。小田原的街市已经睡去，不，所有活物都怕得发抖，绝没有可能来这恐怖的海边。即使有人来，四下里一片漆黑，即便是数米开外的东西，也已经完全看不到了。

而且还有狂风恶浪的吼声，任你发出什么声音都会被完全遮盖住。人一旦同矫饰的社会完全隔绝，立刻就会变回粗野的动物。无论人如何修身养性，心底总会残留一部分野蛮、残忍的性情。由粗壮骨骼和强健肌肉组成的水泽，身体猛然动了起来。

的确，只有人们穿上种种衣衫，系上彰显不同身份的腰带，社会才能成立。也只有在这里，女子的权力才能将男人降伏在脚下，贞操才能放射出无上的光荣。然而在这将万物玩弄于股掌之间，对一切都漠不关心的天地之间，吹嘘自己拥有无边力量的道德和宗教能够保护得了那些陷入绝望的人吗?! 文明的利器未必能杀死狮子。水泽狰狞地冲过来，园子要用什么方法才能对抗他那野兽般的力量? 用道德谴责他，和他争论吗? 可悲的是，这些恐怕都没有用处。大声叫人，让他在人前羞愧? 然而大自然似乎在恶作剧一般，驱使着黑暗、暴风、怒涛等尽情肆虐，让她的叫声全都消散在空中。啊! 园子多年来靠一点道义坚守的贞操，连自己深信不疑的恋人都不曾给过的肉体的贞操，终于被人夺走了!

三叠的小房间里，园子倒在地上大声痛哭。自己为何要遭受如此的对待! 她感到莫名其妙的懊恼，整个人如在梦中一般浑浑噩噩。自己为了维护贞操所花费的一切心力，瞬间就失去了价值。就像小心存放的宝物被打碎，比起心疼宝物，那种用尽心力的呵护被瞬间归零的感觉更让人咬牙切齿，园子甚至一时忘记了贞操的价值所在。过了一会儿，她的心平静下来，欲哭无泪的悲伤像冰冷的水一样流过心底。哎！所谓贞操，和肉眼看不见的精神、思想并不相干，只靠肉体来判断。然而肉体的贞操又是多么容易被玷污！一旦丧失了这易碎的贞操，女子便基本丧失在社会上立身的资格，连那些得了脏病的男人都不愿赋予她们做妻子的正当权利。社会上为什么会有这么奇怪、苛刻的制度呢？女子的肉体一旦被玷污，靠自己的意愿是清洗不净的。只要失身一次，哪怕永远真心忏悔也无济于事。难道，女子的生存意义全在于肉体，而非心灵？而且、而且，女子的肉体是多么容易被玷污，多么脆弱啊！

极度的绝望过后，园子涌起了一阵强烈的复仇情绪。但她又立刻想到，报复就意味着自己必须将不平的遭遇一桩桩一件件地公之于众。想到这里，她又退缩了，尽管心里无比愤恨，这件事也只能被深深地埋葬在心底。羞耻之心最终还是占了上风，泪水再次涌了出来。自己会变成什么样呢？自己该怎么办呢？面对和自己共度一生的丈夫，自己恐怕做不到若无其事地隐藏这个秘密。话虽如此，丈夫如果知道了，肯定不会愉快的……不，甚至可能会因此引发悲剧。现在自己想要托付终身的就是那个笹村……思绪转到这边，园子才想起因为自己的事情，居然忘记了笹村的罪恶。他的罪恶似乎就快败露了。如果他的罪行被公开，那他在社会上……或许他做的事还触犯了刑法，这样的话，即便是为了养母家的名声，也绝不能嫁给他了。可是那样一来，自己又得重新爱上另一个人，把这具带着秘密的身体交到某个男人手里……这时，突然一阵急促的声音传来。

园子吃了一惊，赶忙侧耳细听，大门外随即传来了一阵急促的敲门声。不久后又有两声"电报，电报"传入耳中。园子赶忙叫醒女用人，接了电报打开一看，霎时间变得面如土色，几乎快要窒息。女用人看她的样子，也吃了一惊，待园子强行恢复平静后，才开口问道："出，出什么事了？"

"出大事了……老爷夫人在东京去世了。"

"哈?！"女用人几乎要瘫在地上，"你，你说什么……"

园子没有答话，她撑住因恐惧而不住颤抖的身子慢慢起来，悄悄来到秀男的床边，眼里突然流下泪来。

十九

这封突如其来的电报，让园子忘记了对自己悲惨遭遇的幽怨。第二天，她坐上最早出发的火车，一路安慰着秀男，匆忙赶回了东京。老爷夫人的尸体令人触目惊心，被并排放在十叠大的内客厅里，悲伤的富子坐在旁边，一言不发。

尽管已经做了充足的思想准备，但真正看到这一幕时，园

101

子还是因震惊和恐惧而愣在了当场。待心绪稍稍平复一些后，她打开了富子从枕边递过来的老人的遗书。遗书很长，是专门写给自己的。园子眼含热泪，一字一句地读完后，终于明白了老人策划这一幕惨剧的真正苦心。

老人目睹了妻子的出轨行为后，起初也觉得妻子罪无可恕，但事后回想起自己是如何娶到这个妻子的，想起自己对恩人英国人 B 先生做过的事情，心中的愤恨便被满满的羞愧所替代，至于审判妻子，也觉得大可不必了，只要能让她悔悟便可。可后来发现那家追求"正义"几乎到了可憎地步的报社，正筹谋着公开这个大秘密，老人便更是顾不上因妻子的罪孽而愤怒悲伤，而是一心想着如何才能继续隐瞒下去。一旦这件大丑闻被公之于众，原本就被外界鄙夷的黑渊一家，恐怕就会彻彻底底地被这个社会所遗弃。自己已经老了，世间的纷纷扰扰早已看淡。可花朵一般可爱的秀男又该如何度过这漫长的一生呢？他还是那么天真无邪，他也要背负着这沉重的耻辱，和自己一样长年被社会苛责吗？不仅有着一个被社会摒弃的父亲，就连母亲也犯下了通奸的罪行，将来会有什么命运等着这个不幸的少年？如果只是报纸上的文章，或许可以用钱让它们闭嘴一段时间。可报社那帮人向来以深挖别人的罪恶为乐，这件事一旦传进他们耳中，败露便是早晚之事了。自己到底该怎么做？自己唯一的愿望就是让秀男过上顺风顺水的日子，自己身上已经看不到半点这种指望。那就让毫无价值的自己彻底消失吧！用死亡向社会表明对过去罪责的悔悟——尽管自己觉得这只是一时思虑不周而犯下的过错。至于妻子，就让自己制裁她无可宽恕的罪恶吧。她终究是个不可救药的人，自己仅仅是外出一会儿，她都能消失不见。由此看来，她今后给不了秀男太多幸福。倒不如让秀男做个人世间最不幸的孤儿，一片绝望中或许他能发现真正美丽的希望之光。老人以为，既然夫妇两人以死明志，纵使社会再残忍，也不会再去为难一个孤儿了。但为了少年的一生考虑，老人用沉痛的笔触哀求她将秀男收为养子，好好疼爱他，并言明会将自己巨额财产的三分之一赠予她。

可叹！这家人的情景如此惨痛，第二天的报纸又会怎么报道呢？欣喜若狂吗？果然，仿佛充满秘密和意外的小说终于有了结尾一样，报社对此进行了连篇累牍的大肆宣扬。外界果然沸腾了！从第一天开始，这栋见证了黑渊一家悲惨命运的大宅的高墙外、门外便被乌泱泱的人群包围。富子和园子竭尽所能筹办了庄严肃穆的葬礼。灵柩入殓的那一天，黑渊家门前人山人海，不时传出不堪入耳的骂声，让园子为之胆寒。然而老人冰冷的尸体已经感觉不到任何苦闷，他静静地躺着，将和妻子的棺木一起在青山的墓地永远长眠。

外界舆论终于大获全胜。被算在黑渊一家之中的园子身上自然也少不了种种臆测。园子已经没有闲暇顾及这些，她不辞辛劳地专心帮忙料理着后事。几天后，空旷的家中重归寂静，园子忽然被一种非常的悲伤和痛苦突如其来地击中。啊！今后自己将会怎样？自己再也无法回归到平静安稳的生活之中了。随着黑渊家的崩塌，自己曾经寄托过许多希望的笹村也不出意料地败露了罪行，失去了赖以谋生的杂志记者工作，今后别说再去教会了，就连在社会上露面也再不能够了。说起来，自己其实也是一样。自己的秘密还是深埋在身体里吧，永远也别让它再出现。自己已经丧失了再次堂堂正正地回归社会的勇气。园子本想再见笹村一面，第二天早上便去了他的寓所，然而笹村似乎羞于见人，只说不在，终于也没有见成。园子有些失落。回去的路上，她让车子拐到养母家，一方面是为自己很久没回家致歉，另一方面也想好好说说黑渊家的事情。

养母利根子总是一脸苦相，如今似乎又添了几分威严。她将从没笑过的脸转向这边，斜了园子一眼说道："阿园，你做的好事。"

园子胸中一阵悸动："什、什么事？"

"你还好意思问……知不知道你给我添了多少的麻烦？"养母阴沉的脸上带着明显的不快，开始不住地抱怨起来。因为园子和黑渊家的关系不一般，连养母也被波及，做贵族女校教员的事情因此生出了许多波折。园子听了半晌，流下泪来。最初时因为收入高，养母轻易地同意了自己进到黑渊家，如今出了事，又全怪到自己头上，未免也太绝情了。转念一想，养母是一个单身女人，长年过着不如意的生活，竟被金钱支配到这种地步，又觉得她万分可怜。园子温和地把事情讲了一遍：自己已经继承了黑渊家三分之一的财产；因为老人生前的善待和他的遗言，不管发生什么事，自己都会一直好好照顾黑渊家的孤儿。听完这些话，养母似乎有些拿不定主意，虽然现出点厌恶的神色，但终于不再像开始时那样一直说对黑渊家的怨言。园子又将自己的决心细致地解释了一通，从养母家出来，又去找笹村，终究还是吃了闭门羹，只得无可奈何地回了黑渊家。

那天晚上开始，园子觉得身体的疲劳骤然加重，精神也因极度的痛苦和悲伤而疲惫不堪。已经是这个状态了，园子觉得即使再有什么迫害和失望加在身上，自己也都能淡然处之。所有的感情都和身体一样衰弱下去，她变得越来越迟钝，经常处于一种接近梦游的状态。那副样子就像暴风雨来临前空气中异样的沉闷，放到平时一贯情绪外露的园子身上，不免让人担心她已经到了发疯的边缘。富子并不知道园子深藏的秘密，以为全是因为自己家的这些事，导致外界对她品头论足，对园子的那种愧疚之情也越发深了几分。与此同时，她又坚定地想要实现老人的遗言，让园子真正地成为自己的家人、秀男的母亲。因此她一改往常的习惯，基本不回向岛居住，几乎日夜陪在园子身边，照例用尖锐的言语痛骂着社会上的种种现象，偶尔又会柔声细语地恳求园子帮一些忙。当然，每到最后她总会说：外界把我们一家说成地狱、黄泉、魔窟，我真想告诉所有被社会定罪、被社会排斥的人，其实这个家已经被我们打造成了美丽的、自由的乐园，是如今这个嗜痂成癖的社会上绝不可能出现的乐园。

在富子的精心陪伴下，园子麻木的心又渐渐复苏。她恍然醒悟，自己几乎已经完全接受了沉痛的现实。接下来自己能不能扛得住呢？异变骤然发生，可怖的暴风吹打着自己。园子有时觉得不如过上和富子一样狂放不羁的生活，全力对抗社会；有时又盘算着用继承的财产做一番惊世骇俗的事业。然而思来想去，无论哪种办法都无法给自己慰藉，不如索性堕落到常人难以想象的地步，用黄金的魔力打碎世界的道德，扰乱社会的风气，享受由此带来的快感吧！她像个发高烧的病人，在脑中描绘出种种幻想。每当这种时候，她的眼神都会变得和平常不同，随意斥骂女用人——以前的园子从不会这么做。终于，她温顺、谦逊的性格变得暴躁、凉薄，甚至开始喜欢种种残酷的行径。然而时间来到九月份，学校再有两三天就要开学的时候，园子又骤然一变，变得柔弱无比，总是莫名其妙地不停流泪，简直像得了抑郁症。富子十分吃惊，多次劝她找医生诊治，但园子似乎非常害怕被医生触碰，无论富子怎么劝说也坚决不答应。富子如果知道暑假之前园子那丰富多彩的日子——如痴如醉地享受恋爱的喜悦，同时赢得了几乎可以算是全校独占鳌头的名声——以及之后她的种种遭遇，必定能察觉她心理病态的缘由。然而园子把这些深深藏在心里，从不吐露一星半点。富子也无计可施，只能天天陪在她身边，寸步不离。

二十

第二天学校就要开学了，园子整个白天都在以泪洗面，惹得富子担心不已。傍晚时，水泽校长突然前来拜访。

园子要如何面对这位无理而又可怕的校长呢？他倒是写了好几封信赔罪，但园子怎么能够泰然自若，保持平静的心态！园子一时愤怒到快要昏倒，一时又羞愧难当，用尽浑身力气都抑制不住身体的颤抖和乱涌的血气。想到这次见面对自己十分重要，园子决定保持冷静、沉着的态度。她从橱子里取出化妆镜照了照，被自己吓了一跳。镜子里的人脸上全无血色，脸颊瘦削，和满怀无限希望外出避暑时的自己简直判若两人。深陷的眼窝里，充血的眼睛射出锐利的光芒，显示主人即将陷入神经过敏的状态。同时因为不停的哭泣，她的大眼眶已经变成了泛紫的青色。不只如此，她秀气的鼻翼和嘴角也都露出了阴郁的黑影。

园子绝望地盯着镜子半晌，似乎想起了别的事情，忽然站起来从衣柜的抽屉里取出了白罗纱做的丧服。随后她的目光定在丧服上，呆呆地坐着，脸上浮现出难以形容的悲痛之色。过了许久，难以压抑的激动心情终于平静了下来，园子再次转向镜子，将乱蓬蓬的头发工工整整地盘起来，穿上了那身庄严的丧服。

　　过了大约五分钟，园子拉开屋子的门，又换了一副模样——似乎完全不像是这个世界的人。她那无比悲痛的苍白的脸、瘦骨嶙峋的体态与白罗纱的丧服倒是十分相称，看起来像是即将念出恐怖咒语的女神，说不出的神圣中透出令人战栗的冷冽。轻轻地挪动步子，园子拉开会客室的门，用风铃般悦耳的声音问候道："水泽先生，别来无恙啊。"说完，郑重其事地鞠了一躬。

　　水泽来到塞满了贵重家具、装饰品的房间，早已被这里的庄严肃穆折服。这时突然看到女神一般的园子，一时之间竟说不出话来。对这样一位神圣的、完美具备了女子所有优秀品德之人，自己为什么会做出那种事来……水泽为自己的罪行感到后怕，同时觉得报应已经降临到了自己身上。他用乞求怜悯的眼神偷偷望着园子冰冷的侧脸，过了许久，终于战战兢兢地开口祈求她原谅自己的过错，就像在上帝面前忏悔一样。园子的嘴唇轻轻颤抖，用冰冷的、无法形容的悲痛语调说道："您没有必要担心，我已经是个注定回不到社会去的人了。无论我怎么抱怨，都绝没有能力危及您的名誉半点。即便我那时答应了您，现在也已经是个没法结婚的人，所以无论今后您怎么说，都没法遂您的心愿了。那件事就请您彻底死心吧。我这个……请您替我这个可怜的女人想一想吧。"

最初时下定决心要当面痛斥他，反倒引来了自己的泪水。园子咬住嘴唇，拼命地忍耐。水泽心丧如死，答不出一句话，几乎要从椅子上滑下来，跪倒在女神脚下。

"水泽先生。"女神的声音再次从头顶上落下来，"我已经是个无法重新回到社会的人了。外界议论纷纷，把我说成这恐怖的黑渊家的同伙。因此我正在考虑学校的工作要怎么办。"

水泽仿佛抓住了一根救命稻草，抬起头来热切地看着园子的脸。

"园子小姐。关于这件事，我会为您拼尽全力的，绝不会让您以前的名誉和地位受影响，哪怕影响到我的地位也在所不惜。我发誓，让我做什么都可以！"

他的语气中充满真诚，然而园子感觉似乎有某个圣灵在驱使自己说话，她的声音嘹亮，心里如同冰晶一般澄澈冷清，不由自主地做出了大胆的宣言。

"除了这个外界所说的地狱，我没有别的地方可去。那些轻飘飘的名誉、地位，因世人的评价轻易就被破坏，轻易又能取回来。我不要。我要自己为自己的心戴上名誉的桂冠，我要心安理得的、自由的地位。"

无言以对的水泽失望，惭愧，后悔，落寞地告辞而去。看着他可笑的背影，园子感到说不出的痛快，整个人都豁然开朗了。

起初园子是为了平静自己内心的激动才偶然想到这身白色的丧服——送老夫妇的棺木离开时自己就曾穿过——没想到居然能让水泽完全屈服。这身珍贵的丧服给了自己力量，让自己能够洗雪耻辱，园子穿着它去往了二楼老人生前的房间。那里安放着老人的遗像，园子想要拜一拜。她轻轻拉开了房间的门。

几扇窗户都拉着窗帘，黄昏清冷的日光透过缝隙照在地毯上。惨白的四壁、所有的家具默然肃立，欣喜地等待着夜的黑暗来临。由于房门终日紧闭，从来没人打开过，白天的热气和四五天前焚香的香气还弥漫在房里，几乎要让人窒息。啊！老夫妇惨痛的命运就是源于这个房间，两声枪响、满地的鲜血，为两条鲜活的生命画上句号。想到这里，园子突然有些害怕，赶忙来到遗像前双膝跪下，开始虔诚地祈祷。她重复着誓言：即便以生命为代价，自己也会完成老人的遗愿，照顾好他临死前还在惦记的孤儿。这是园子看到那封可悲的遗书后下定的决心。随后，她静静地离开房间，走下楼梯。不知为什么，这时她的心情和以前已经截然不同，连她自己都觉得奇怪。

来到日式房子的檐廊下，院子里浓绿色的树木枝头还残留

110

着夕阳浅红色的余晖。黄昏的风带着初秋的清凉，从天空中飒然吹落，带动雪白的丧服衣袖翻飞。园子被这不期而至的风一吹，不禁长长地舒了一口气，仿佛重新活过来了一样，感到全身都充满了力量。

回到房间，她似乎下了很大的决心，简单写了一封信，大意是自己决心辞去教师的职务。写完后，她立即派人送去了水泽校长那里。三天后，园子对着富子，坦然地将所有事情和盘托出，并说出了自己的决心。

自己已经和富子一样，能够在这个世人所谓的地狱中安心走自己的路。以前自己满脑子都是世间的毁誉，拼了命也要保持一举一动都白璧无瑕。简直可笑！曾经的自己已经死去，将来的自己会在这个没有任何束缚、自由自在的乐园中度过能够获得心灵满足的美妙一生。啊！自己以前完全错了！迄今为止，明明没有一点过失，却掉进道德的网中无法自拔，这并非自己的想法，完全是因为在意世人的看法。现在自己和富子已经一样，成了自由之身。肉体的贞操已经被毁，再没有保护的必要，自己也解脱了，不必再拿贞操和德行做招牌来换取地位。如今不管做出什么样的肮脏行径都不必再自欺欺人了。啊！人只有处在这种自由自在、和动物完全相同的境地才能修得真正的美德，才值得戴上永恒的赞美的桂冠。不，才配称为人！

园子说出这个巨大的决心后，顿时觉得心中充满了勇气。

第二天，她满面春风，打扮得齐齐整整，打算将这个想法告诉养母利根子，然后再去找那位像狐狸一样藏在洞里的上帝信徒，告诉他只要能真心悔罪，自己绝不会对他失望。再问问他是如何看待从前的感情，是否在将来能真诚地爱自己？她让人准备了一辆两匹马拉的马车，坚定地握着到大门口来送自己的富子和秀男的手。

正是黄昏，九月的风清凉如水，徐徐吹来。健壮的马匹高声嘶鸣。园子昂然踏入车门。头顶的天空如水晶一般，美丽、可爱的希望之星正要开始闪烁！

后 记

人性中，的确具有动物性的一面，或许是面临的种种生理诱惑所致，抑或是来自由动物进化而来的祖先的遗传。总之，人类依据自身的习惯和实情创立了宗教和道德，并不断加以完善，终于在今天的生活中给这些阴暗面冠上了"罪恶"的名字。这已被盖棺定论，那么黑暗的动物性将会如何发展呢？如果想要打造完美的理想人生，我以为首先必须特别对这些阴暗面进行研究，就像伸张正义的法庭必须缜密调查，获取罪证及犯罪的始末一样。因此我不惮于仔细描摹源于祖先遗传和环境影响的诸多情欲、暴力、暴行等。写出《地狱之花》的目的也在于此。不幸的是,我们的艺术表达并不自由,加上我的研究极不完善,思想很是浅薄,描写也不成熟,最终表现出的不足预期的一半。但是,富有同情心的读者们!希望你们不要挑剔这位鲁莽的年轻作者才疏学浅,请为他的大胆创新研究提出更多的宝贵意见。

永井荷风

一九〇二年六月于逗子海边豆园

隅田川

一

俳谐师松风庵萝月近日总是思绪不宁，只因今年自己那位在今户^①的常盘津^②乐师胞妹就连盂兰盆节也不曾到访。可顶着烈日出门又实属折磨，松风庵萝月也只好静待傍晚的来临。夕阳终于开始隐没，他来到竹墙边，在牵牛花织缠的厨房门口简单地冲了冲澡，索性再裸着身子小酌了几杯，这才离开饭桌。驱蚊的烟雾从周围的院落中袅袅升起，昏黄的日头彻底被远山所覆盖，夏夜如约而至。繁促的木屐声与鼻歌艺人们的喧嚣声越过窗前的一列盆栽传入帘内。妻子阿泷催着萝月快些去今户看看，可刚一出门就听到凉台上有人声传来，萝月习惯性地坐了过去，倒上一杯酒就喝了起来，这些年他早已习惯了每晚喝上一杯，借着酒劲天南海北地聊上一通，这让他感到很是愉悦。

---

①地名，位于东京市内。
②净琉璃的一种，为歌舞伎用音乐。

早晚渐有凉意时，白昼也短了许多。牵牛花也不似盛夏那般逞美，当西落的日头似烈焰般射入狭窄的屋内时，入耳的蝉鸣声也愈加嘶哑急促了起来。不知不觉间，八月已经过半。夜风吹过屋后的玉米丛，阵阵涌动的沙沙声不由得让人有种落雨的错觉。年少时不知克制，萝月如今只得忍受季节变换时浑身关节传来的难忍苦痛，所以他也总能更早地感知到秋的来临。只要一想到秋天已至，他就会感到一阵无来由的心慌。

萝月有些慌乱地出了门，初八夜的皎洁，明月早早地爬上了晚霞染红的天空，借着月色，他从小梅瓦町出发，朝着今户走去。

在护城河畔的一条拉纤道左转后，就会进入一条只有当地人才知道通往何处的迂回小路，萝月沿着小路一直绕行至三围稻荷，前方就是河堤了。小径旁有一处稻田环绕的空地，上面新建了一排正在等待租客光临的空出租屋。既有院落宽敞、繁花似锦、庭石错落的宅院，也簇拥着一些铺盖茅草顶的普通农家。有时还能透过竹墙，借着昏暗的月色欣赏一番女子月下沐浴图呢。萝月宗匠虽早已鬓发皆白，但昔日的风流兴致却丝毫未减，他在竹墙前悄悄停下脚步往内窥探，岂料今日所见妇人大多姿色平平，这让他瞬间激情全无，立刻失落地离开了。每每看到路旁悬挂的出售土地或是出租房屋的木牌，他总会忍不住盘算盘算自己有无发横财的机会。可沿着稻田走到水田中央时，孤傲高洁的万朵莲花随着层层涟漪漂荡，苍翠欲滴的稻叶在晚风中沙沙作响的盛景，又让他瞬间忘却了庸俗的铜臭，思绪随即被散乱在记忆深处的古人名句所占据，那些精妙绝伦的诗句真有绕梁三日之妙啊。

萝月走上河堤，河水在樱木丛下显得更加昏暗，对岸的人家早已点亮了灯光。樱木上早已泛黄的病叶被河风轻轻拂落，随着流水晃晃悠悠地漂向远方。萝月脚不停歇地走了许久，汗流浃背的他深吸了一口气后，用扇子扇着敞开的胸脯。不远处还有一家尚未打烊的茶馆，他连忙走过去找个位置坐下说："老板娘，来杯酒，要凉的。"待乳山下的隅田川上，星星点点的小船正在晚风中扬帆前行。海鸥低飞，那羽色在薄暮中显得更加洁白。旖旎的景致让宗匠不由酒兴大发，迫不及待想要借酒吟上一句咏春诗"无酒赏樱何言欢"。

茶馆的老板娘端来一个厚壁高底的酒杯，萝月一口饮尽杯中的凉酒后径直登上了竹店的渡船。小船漂漂荡荡地行至河中央时，许是方才凉酒的作用吧，萝月只觉似乎有些醺醉。清冷的月光从樱叶中穿过，洒下点点星辉。高涨的河水如丝般顺滑，恰如流行歌曲《问君何所往》所唱的那般，任我心随晚风飘扬。宗匠悠然自得地闭目哼唱着。

上了对岸后，萝月突然想起该去附近的点心店买点礼物，便走到了今户桥对岸的笔直大路。他自以为步伐依旧稳健，其实早已是晃晃悠悠了。

萝月走进了一条小巷，巷子里有不少低矮的小店和住宅，他闲逛了一圈，只有两三家卖今户烧的店里卖的特产尚能入眼。一些身着浴衣的人正三三两两地聚集在檐下或是巷口处纳凉聊天，在昏暗路灯的映照下显得分外白皙，不知何处传来的犬吠与婴啼声让这一片宁静泛起阵阵涟漪。晴朗的夜空下，今户八幡神社前的古木葱茏苍翠，萝月在一排齐整的檐灯照耀下，很快就找到了那盏用勘亭流体[①]书成的"常盘津文字丰"檐灯，这便是妹妹的住处了。此刻门前正聚集着两三个侧耳倾听门内净琉璃演奏练习的爱好者。

悬挂着六分芯玻璃油灯的天花板，因不时狂奔的老鼠而发出骇人的响声。油灯微弱的光映照着这间八叠大的客厅，用宝丹广告和《都新闻》的新年增刊美人画打满补丁的纸拉门、暗黄色的旧衣橱，以及因漏雨而看起来满目疮痍的旧墙，都在晦暗的灯光中若隐若现。暮霭四合，也不知那以一张陈旧芦席遮挡的走廊外是否还有小院，只有檐下清冷的风铃音，与寂寥悠长的虫鸣声时不时地传入耳中。节日里用于摆放绿植的壁龛内挂一幅不动尊菩萨像，丰乐师此刻端坐于前，正聚精会神地弹奏着膝上的三味线，偶尔还用拨子整理一下前额上的秀发。

---

①在江户时代，勘亭流字体是使用于落语、歌舞伎等的招牌或节目表的字体。该字体由戏剧界人物冈崎屋勘六设计，勘亭流就是得名自其别号"勘亭"。

屋内的桐木小桌上摊放着一本练习乐谱，丰乐师弹罢前奏后，桌子另一端的一位约莫三十岁，作商人打扮的男子用中音叙述了《小稻半兵卫》中男女私奔的故事："事已至此又何须多言，既已相恋，此时再提兄妹……"

萝月在走廊上随意找了处地方坐下，静静地听着屋里的演奏。他轻轻摇着手中的扇子，许是酒劲上头人微醺的缘故，萝月偶尔会忘情地随着屋内练习三味线的男子的歌声一起低吟，有时又合上眼，酣畅地打个饱嗝，接着睁开眼左右轻晃着随意瞥了瞥阿丰的脸。阿丰已经年逾四十，她瘦弱的身材在昏暗灯光的映照下更显老态，想到眼前的妹妹曾经也是活泼可爱的典当行千金，萝月不禁感到悲从中来，现实往往是残酷，又令人感到难以置信的。那时的自己又何尝不是一个翩翩美少年呢，整日里游手好闲，沉溺于万花丛中而扬扬自得，最终却落得与家人断绝关系的下场。年少时的一幕幕光景就恍若一场虚无缥缈的美梦，他甚至觉得那一切从未真实发生过。气愤难忍的父亲抓起算盘就往自己的头上砸下，忠心耿耿的管家满脸泪水地劝自己回头，阿丰的丈夫闹着要另立家门，记忆中的那些人或怒或笑，或泣或喜，他们都在为了生计而疲于奔命。可如今，他们都走了，这些生命，无论是否曾经降临于世，结局又有何不同呢？只要自己与阿丰尚有一息，那些人的生命就会在二人的记忆中得到存续，待二人也离开人世后，所有的一切也将如火灭烟消，不留一丝痕迹……

"哥哥，我原本还打算过两天去你府上看望你的。"阿丰的声音突然传来。

方才的男子练习完《小稻半兵卫》，又练了两三遍《妻八郎兵卫》后就离去了。萝月像煞有介事地端坐好，用扇子轻轻敲打自己的膝盖。

"其实，"阿丰重复了一遍自己的话，"此次的市容改造中也包含了驹込寺的拆除。这样一来，父亲的墓就要移到谷中或是染井等地去了，四五天前寺庙差人来通知我了。我正想找个时间去跟你商议一下。"

"这样啊，"萝月颔首道，"是该好好考虑一下了。父亲走了多少年来着……"

萝月自顾自地歪着头计算着时间，阿丰依旧不停地说着染井一带墓地的每坪①售价，是否该对寺庙长期的照拂表达一下谢意，等等，又说女子出门办事难免诸多不便，若由哥哥萝月全权负责那就再好不过了云云。

萝月本是小石川表町相模屋典当行的继承人，与家里断绝关系后放弃了继承权，年纪轻轻便过上了隐居的生活。后来典当行的掌柜娶了萝月的妹妹为妻，并在固执的父亲去世后接管了店里的生意，倒也算得上是兢兢业业，童叟无欺。然而，明

①坪，日本面积单位，两个榻榻米大小，约为3.31平方米。

治维新后，社会形势骤然变幻，动荡不安，本就风雨飘摇的典当行又不幸遭遇了一场大火，最终只能宣告破产。向来自诩风流的萝月不得不靠创作俳谐为生，不久后妹夫撒手人寰，留下妹妹阿丰一人孤苦伶仃。所幸阿丰过去曾是小有名气的艺人，便重拾旧业成了一位常盘津乐师，靠着这点收入勉强维持生计。阿丰有个儿子名为长吉，今年已经十八岁了，对儿子的期待是她活在世上的唯一希望。但饱经风雨的阿丰认为，商人终究是商人，生意做得再大也有破产的风险，所以她含辛茹苦地培养长吉，哪怕节衣缩食也毫无怨言，只一心盼着能把儿子送进大学，将来找一份好工作，过上安稳富足的生活。

萝月宗匠饮尽杯中冷茶后问道："长吉最近可好？"

阿丰听完立刻颇有些得意地答道："学校放暑假了，不过可不能让这孩子闲着，我把他送到本乡①的夜校去了。"

"那可要很晚才能回来了吧。"

"嗯，一般都要十点后才回来，虽然有电车，但确实也太远了些。"

"现在的年轻人可真是跟我们那会儿不一样，这股拼劲真令人佩服。"萝月说罢停了一会儿，复又问道，"他还在上中学吧？我没孩子，也不知道现在学校里是什么状况。是不是还要几年才会上大学？"

---

①本乡，东京地名。

"明年毕业后参加考试，上大学之前，还要去一所……大的学校。"阿丰似乎急于三言两语解释清楚，但这位脱离时代的女人显然有些词不达意了。

"那得花不少钱吧？"

"是的，我正愁呢。每个月光学费就要一日元，书本费再加上每次考试的费用也要两三日元。夏、冬两季是要穿洋服的，而且每年也要预备两双鞋子吧。"

或许是迫切地想让哥哥理解自己的这番苦心，阿丰说着说着便来了劲儿，声调也不由得拔高了许多。可在萝月看来却并非如此，若真是如此拮据，又何必非要把他送入大学呢？天地之大，自有其他适合长吉的道路可走。心下虽是这么想着，到底也是不敢真说出口的，只能暗暗等待妹妹自己结束这个话题了。他不由得想起了长吉孩提时代的竹马之交——煎饼店老板的女儿阿丝姑娘。那个时候，萝月每次来阿丰家，都会带着自己的小外甥长吉和他的小伙伴阿丝姑娘去奥山①或是佐竹原逛逛。

"长吉今年十八岁了，想必那姑娘如今也是亭亭玉立的俏佳人了吧。她现在还来学三味线吗？"

"不来我们家了。但每天都会去前面的杵屋家，据说不久后

---

①奥山，东京浅草公园观音堂后一带的俗称。

她就要去葭町^①了……"阿丰若有所思道。

"去葭町啊？这孩子真是不简单哪！小时候就很冰雪聪慧，惹人怜爱了。今晚要能来玩就好了，对吧阿丰。"宗匠越说越开心，但阿丰却突然重重地敲了一下长烟管说："现在跟以前不一样的，长吉现在的首要大事就是学习……"

"哈哈哈，你是让我别胡思乱想是吧。不过你说得对，学习之事是顶顶重要的，绝不可掉以轻心。"

"不过话说回来，你说的那件事还真是。"阿丰坐直了身体继续说道，"或许是我多虑了吧，但我总觉得长吉的模样有些怪异，真让人担心啊。"

"所以嘛，有些事还是要说出来的。"萝月说罢，用拳头轻轻捶了捶膝盖。阿丰已经隐约有些担心长吉和阿丝的关系了。原来，阿丝每天早上学完长呗^②回来时，哪怕无事也要拐到这里看看，而长吉也必会准时守在窗边等候，这似乎已经成了二人间的一种默契。不仅如此，有段时间阿丝在病床上躺了十多天，长吉竟也呆呆地看了十多天，落到旁人眼里这真就是个大滑稽。阿丰十分激动，一口气地说了好一会儿。

当隔壁房里的钟响了九下时，格子门突然被拉开。阿丰一听就知道是长吉回来了，连忙止了话题回头看向门口道：

①葭町，东京日本桥附近的一个地名，也是艺伎馆云集之处。
②长呗，日本近代三味线音乐的一个流派，属江户音乐，其正式名称是江户长呗。

125

"今晚怎么这么早？"

"老师生病了，所以早放了一个小时。"

"住在小梅的舅舅来了。"

长吉并未应声，只是把包扔在隔壁房间后走了过来。纸拉门的另一侧出现了他温和而稍显苍白的脸。

二

宽阔的河面在较盛夏时分更烈几分的残暑夕阳下冒着热气，被漆得雪白的大学艇库反射出更加刺眼的光芒，紧接着，仿佛灯光骤然尽熄般，四周忽然一片灰暗，晚潮高涨下的行船上，纯白的船帆也显得分外惹眼。不多久，初秋的黄昏就早早拉下了帷幔，夜幕降临，点点星光洒下，河水中的粼粼波光炫彩夺目，渡船上的乘客们在灰白的夜幕中投下一道道清晰的黑色身影，恰如一幅淡逸劲爽的水墨画。对岸的河堤上种着一整排长出新叶的樱花树，远远望去竟黑得有些瘆人。方才还煞是有趣地在河中整齐行驶的一列货船，瞬间竟全部消失在上游地区，只有垂钓归来的叶叶扁舟，如片片落叶浮于河面。隔田川恢复了原本的宁馨的面貌，却又那般静谧、孤寥。遥远的上游水天相接，云峰的上端一如夏日时节般不停闪烁着细长的闪电。

长吉在此已经呆望了许久，他时而倚在今户桥的栏杆上，时而站在河岸的石墙边俯瞰渡口处的栈桥，从斜阳看到黄昏，又从黄昏看到黑夜。他和阿丝约定待夜色浓重、不辨人影时，于今户桥上相会。但今天是星期日，他无法以上夜校为借口出门，所以吃罢晚饭，趁着夕阳未落便早早地出了门。渡口一带平日里总是人来人往，热闹非凡，今日却几乎不见人影。庆养寺内的参天古木，在桥下夜泊的货船灯火照耀下，于山谷堀的水面上留下荡漾而美丽的倒影。河畔有栋门前种着柳树的二层新楼，三味线的悠扬弦音不断从楼中传来，男主人正裸着身子坐在门外河畔乘凉。长吉估摸着阿丝也该来了，便目不转睛地盯着桥的另一端。

　　最先走上桥面的是一位身着黑麻僧衣的和尚，其后是一位穿着束脚长裤和胶鞋的男子，看起来像是个建筑承包商，又过了一会儿，走来一位提着雨伞和小包袱的妇人，从周身打扮来看家境应该比较贫苦，走到桥面时，她用晴日木屐粗鄙地踢了一脚沙子后迈着大步走远了。然后就再无一人经过那里。百无聊赖的长吉将疲惫的目光转向小河，河面亮了一些，刚刚感觉有些恐怖的云峰此时也已消散不见。这时，长吉透过长命寺旁土堤上的树梢间看到了一轮正在升空的圆月，皎洁的月色中带有一丝红晕，这大概便是农历七月的满月吧。亮似明镜的夜空下，本欲遮挡夜空的堤树，反被这份明亮衬得愈显黝黯。夜幕

127

中的点点星辰在明亮的天色中悉数失去光泽，难以为肉眼所见，只余一颗夜明星尚夺目璀璨。一缕云带缠绕夜空，如通透的银器般熠熠生辉。那轮圆月终于摆脱了树梢的遮挡，稳稳地屹立在高高的夜空之中，岸边的瓦砾屋顶上带着一颗颗晶莹的夜露，木桩被河水所打湿，一团团草藻被涨潮的河水冲入石墙下方，船身与竹竿等物也在皎月的映照下显得有些灰白。长吉突然意识到自己在桥上投下的影子已经愈加黝黑了。这时，一对男女恰好路过，口中正唱着"法界节"[①]："看，那轮明月！"他们稍作停留后便拐弯走向山谷渠的岸边，紧接着又响起一句歌声：

　　书生桥上凭栏望……

　　还是那对男女，此刻他们正站在一排小屋前唱着，歌词似有所指。不过他们一看对方毫无反应，便意兴阑珊地再次快步离开，走向了吉原堤。

　　等待恋人时，在担忧和焦急之外，长吉还感受到了难以言喻的悲哀。阿丝和自己的未来……倒也无须说到未来那么远，今夜幽会后，明日的情形都未可知。阿丝说她约了葭町的艺伎屋谈工作，今晚要顺便过去一趟，所以两人一路边走边聊。如果阿丝真的进入艺伎行当，那他们何止是无法再每日相见，恐

---

①法界节，盛行于明治时代中期的一种流行音乐。

怕就连这段关系都要宣告终结。长吉很绝望，他觉得阿丝即将踏入的是一个完全陌生的遥远国度，而且极有可能从此一去不复返了。此刻的明月，也许自己永生难忘，恐怕此生都不会再次遇见如此的月色了，长吉心下想着，往昔的记忆如电光般闪过心头。他们两人是地方町小学的同学，每天都在一起嬉闹玩耍。后来附近的木墙和仓库的土墙上出现了相合伞①的图案，于是大伙儿便纷纷起哄。住在小梅的舅舅还经常带着他们两人一起去奥山看杂耍，或去池塘喂鲤鱼。

某年的三社祭期间，阿丝跑到舞台上跳了一段道成寺舞，她每年都会和町内的邻居们一同去盐船上跳舞。放学回来的途中，他们每天都会到待乳山境内会合，然后一起去鲜为人知的山谷后町和吉原田圃一带散散步……啊，阿丝为什么偏偏要选择艺伎这条路呢？他很想强硬一次，告诉她："你别去做什么艺伎！"但转念一想，自己对阿丝而言，其实根本没有威慑力，所以自己根本无力改变这一切，这让他感到十分绝望。其实阿丝比长吉小两岁，今年刚满十六，但如今，长吉总觉得阿丝是一个比自己成熟很多的大姐姐，而且这种感觉越来越强烈。其实，阿丝从小就比长吉坚毅、勇敢。当年大家起哄说他们俩被画成相合伞时，阿丝就敢毫不畏惧地大声宣布：对，长吉就是我

①相合伞，又称"情侣伞"，伞上图案代表两个人之间已有的爱情，或其中单恋的一人对两人的爱情前景的期望。

129

丈夫！去年，也是阿丝先提出两人下课后到待乳山相见的。说去宫户座剧场站着看戏的也是阿丝。阿丝从来不担心回家太晚，即便迷了路，她也会拉着自己胡乱瞎走，最后找个警察问路后便快步疾行，似乎兴致更高了……

桥板上传来一阵猛烈的吾妻木屐①声，阿丝突然小跑着奔向长吉。

"是不是很晚了。妈妈梳的头发真难看。"她用手捋了捋跑得更乱的鬓发说道，"是不是看起来很奇怪？"

长吉没有回答，只是瞪大了双眼盯着阿丝的脸。她还是那么活泼开朗，但是此刻却显得那么可恨。很快她就要到遥远的葭町去做艺伎了，为什么从她脸上却读不出一丝悲伤呢？长吉的胸中有千言万语却又不知该怎么开口。今晚的月色特别美，似白玉般在河面上洒下一片银光，但阿丝似乎对此浑然不觉。

"走快点，我现在是有钱人了！一起去仲店②买点吃的啊。"说完便快步走开了。

"明天，你一定会回来吗？"长吉结结巴巴地问道。

"就算明天回不来，后天早晨也一定会回来的。平时穿的衣服之类的，很多东西都要搬到那边去。"

两人穿过窄巷，沿着待乳山麓走向圣天町。

---

① 吾妻木屐，一种女性木屐，因江户时代的妓女吾妻常穿这种木屐得名。
② 仲店，一条从浅草雷门到观音堂的一百三十米长的商业街。

"怎么不说话了，想什么呢？"

"就算后天回来，也还是要再回去的。哎，你从此就要一直待在那边了吧，我是不是见不到你了。"

"也会偶尔回来的啊。不过我肯定要先努力练习。"

她有些阴郁地回答道。但长吉并未从这阴郁中听到自己想要的悲愁。于是长吉在憋了一会儿后终于忍不住突然出声：

"为什么选择了艺伎这条路？"

"怎么又问这个？你真是奇怪。"

于是阿丝又迅速重复了一次早已告诉长吉的那个故事。其实两三年前，也许更早以前，长吉就知道阿丝要去做艺伎的事儿了。阿丝的父亲生前是个木匠，母亲则在家里帮人做些针线活儿。早先家里有个常客，是一位夫人，她的先生在船场那儿有一处妾宅。那位夫人见到阿丝容貌俊美，便一直说想要认她做干女儿，将来兴许还能把她培养成出色的艺伎。这位夫人的娘家在葭町开了一家很大的艺伎屋。不过当时阿丝家里经济还算宽裕，父母也不舍得让自己的掌上明珠出外受苦学艺，便一直留在身边慢慢学习。后来她父亲去世后，母亲一个人难以撑起这个家，在船场夫人的帮助下总算开了一家煎饼店维持生计。很多事情难以用金钱来衡量，既受人恩惠，就要尽力回报。于是在双方的乐见其成下，阿丝毫不犹豫就答应了去葭町。长吉对这段故事自然也是了如指掌的，所以他让阿丝一再重复的原

131

因，并非出于想要了解更多，而是既然已经无法改变阿丝的决定，那么他就退而求其次，希望在阿丝的脸上读到因依依不舍而表现出的悲伤。长吉很清楚，自己和阿丝的感情已经远远不如小时候那般亲密了，所以他才更加感到悲伤。

长吉的这份悲伤情绪，在阿丝经过仁王门，走向仲店的时候几近爆发。街上十分热闹，夏日的晚风让所有人都乐于走出家门。阿丝突然停下了脚步，扯了扯身边长吉的衣袖道："阿长你看，我很快也要那副打扮了，一定是穿绉绸的，还有那种羽织……"

长吉回头一看，身后跟着一对男女，女子梳着岛田髻，作艺伎装束，男子身穿印有家徽的黑绸服装，是一位仪表堂堂的绅士。哎，等阿丝做了艺伎后，能和她牵手并行的大概也只有风度翩翩的绅士了吧。不知道再过多少年自己才能变成那样的绅士啊。想到自己如今还只是个系着兵腰带的学生，长吉感到很失落，就别说以后了，眼下就已经无法和阿丝继续保持纯真的友情了。

走到吊满御神灯①的葮町巷口前，一直沉浸于空虚与悲哀中的长吉被眼前的景象所震惊，他茫然地看着眼前那些来往于狭窄、幽深巷子里的人们，眼中满满的不可思议。

"嗯，你看一、二、三……第四盏煤气灯的地方，写着松叶

①御神灯，供神的灯火，也指艺人家和艺伎为求吉利挂在屋门口的吊灯。

屋对吧？就是那家了！"阿丝用手指着屋檐下的灯说道。她从前就经常随着船场夫人来这里，偶尔也会受夫人之托来此办点事情，自然对这儿十分熟稔。

"那我就先回去了，已经……"长吉口中虽说着要回去，脚下却一步也不曾挪动。阿丝凑上前来，拉着他的衣袖说道：

"明天或者后天我一定会回去的，到时候你也一定要来见我哦，行吧？一定哦，不能反悔！你来我家，可以吧。"语气中满是讨好。

"嗯。"

长吉的回答显然让阿丝放下了心，于是她头也不回地跑向茶馆，吾妻木屐在巷内的阴沟板上发出嗒嗒嗒的响声，但这听在长吉的耳中却像是她在快速跑离自己。不久后，一阵铃音在格子门处响起，长吉本想跟着阿丝走进巷子，突然看到眼前第一家的格子门被打开了，一阵人声传了出来，随即走出一个瘦高的男子，手里还提着一个弯灯笼。长吉本就心下害怕，此时更是讨厌被人撞见，便一口气跑到大马路上去了。此前的圆月小了许多，不过月光依旧洁白清澈，正静静地挂在群星璀璨的夜空之中，月下便是马路后方的仓库屋顶了。

三

有月亮的晚上，总是夜越深，月光就越清澈的。湿润的河风越发猛烈了，那股凉意穿透单薄的浴衣沁入肌肤。明月升空，至清晨方止。无论是早晨、中午还是傍晚，天空总是被一层厚厚的积云所遮蔽，一团团云朵不停地交汇、碰撞、离开，偶尔也会露出一小块格外湛蓝的晴空，另一面的天空则更加阴沉了。接着，整座城都如同置身于蒸笼之中，异常闷热，即便坐着不动也无法阻挡汗液的渗出，皮肤无时不刻不是黏滑的状态，令人一整天都高兴不起来。但往往又会刮起一阵阵强弱不一、方向不定的风，偶尔也会间歇性地下起一阵阵雨。风或雨似乎都有着一股特殊的力量，为寺中树林、河岸芦苇，以及市郊贫民窟的木屋顶奏起一首春夏时节听不到的乐曲。落日的时间提早了许多，黑夜则变得更长，也更加寂寥了。夏季里八九点的钟声总会被乘凉者的木屐声所淹没，而此时，四周竟如深夜十二点一般寂静。耳畔不停地传来蟋蟀此起彼伏的叫声，四周的灯光也显得格外清亮。是了，秋天果然来了！长吉第一次这么讨厌秋天，也是第一次深刻体会到秋天意味着漫长的寂寞。

昨天就开学了。他的母亲一早就准备好了盒饭，长吉塞进书包后便出了门，但过了两三天也依旧不想走到遥远的神田去。以往每年在漫长的暑假结束前，他总会无比想念学校，焦急等待开学的日子，今年则全然不同，他的内心毫无欣喜与期盼。毫无用处！学问真是毫无用处！自己想要的幸福，学校给不了……长吉第一次深切地领悟到幸福与学问毫无关系。

第四天早晨，长吉如往常般七点前离开家，一直走到观音寺内，然后一屁股坐在正殿旁边的长凳上休息，就像精疲力竭的旅人会坐在路旁的石头上歇息一样。寺内似乎被打扫过，沾满晨露的石径上很是干净，不像往日般随处散落着脏污的纸片。平日里每至清晨，寺内总是十分嘈杂，今日却异常清幽肃穆。正殿的走廊上坐着几个人，看不出身份，但应该是从昨晚就没有离开过了。甚至还有一个人旁若无人地解开了腰间那条肮脏的三尺带提了提兜裆布。最近的天空总是灰蒙蒙的，被虫咬过的树叶不时从四周的树上掉落。乌鸦和鸡的啼鸣，鸽子扑棱翅膀的声音，听起来都十分干脆有力。随风飘扬的奉纳手巾后面，溢出的清水在洗手石上留下一道道水纹，光看着就觉得浑身凉意。即便如此，早上来此参拜的男女依旧会在此净手后才走上正殿的阶梯。长吉偶然在这些善男信女中发现了一个年轻的艺伎，她的口中咬着一块桃色的手帕，伸手的时候很是小心，大概是为了防止清水沾湿单层羽织的衣袖吧，一截雪白的手臂露在了外面。她的身旁是两个坐在长凳上的学生，见到这一幕后小声说了一句："快看快看，那是个艺伎呢，还真不错啊！"

那位艺伎梳着一个岛田髻，双肩瘦削，个头儿矮小，看起来十分羸弱，面如圆月，嘴若樱桃，看上去也就是十六七岁的年纪。长吉的脑海中迅速浮现出阿丝的模样，惊得差点从长凳上跳起来。正如二人在月圆之夜的约定那样，阿丝在第三天回来取了一些行李后就回去了，今后大概也会长住葭町了。长吉看到阿丝时，着实吓了一跳，往日里那个只在腰间系一条软布红腰带的姑娘，竟在一夜间变得判若两人了，如今的她就和此刻正在寺里洗手的那位年轻艺伎几乎毫无二致，甚至还在无名指上戴了一枚戒指。还会不时地从腰间的束带中抽出镜子和粉袋，或是往脸上扑粉，或是整理鬓发，虽然身边并无重要的客人。好不容易回来一趟，还让人力车等在外头，跟个大忙人似的，似乎连一个小时也没待上就急匆匆地回去了，出门前的最后一句话是让长吉代她向他的母亲问好。她告诉长吉，因为还不确定什么时候可以开始接客，所以最近还会抽空回来一趟。虽然声音一如从前般熟悉，但长吉却听出了与从前那种真诚邀请完全不同的客套，那种充满了职业气息的客套。曾经与自己青梅竹马，心心相印的少女阿丝已经不见了，取而代之的是一个深谙世故的艺伎阿丝。路边正睡得香甜的小狗被人力车的声音所惊醒，随即飞也似的逃离开。一股浓烈的脂粉味蹿进长吉的鼻腔内，让他感到愈加痛苦忧伤……

台阶下再次出现了刚刚步入正殿中的那位年轻艺伎的身影，她光着脚，穿着一双吾妻木屐，正轻轻地迈着小碎步前行。长吉看着她离去的背影，不由想起了目送人力车离开时的情景，于是心底的怨愤又一次被点燃，忍无可忍的长吉从长凳边站起身来，一路尾随艺伎而行，不知不觉竟跟到了仲店街的尽头。年轻的艺伎拐进一条巷子后就不见了。此刻，街道两旁的商店正是最繁忙的时刻，店里的人们正马不停蹄地清洁整顿、摆放商品。长吉的脚下也并未停止，继续快速地向雷门走去。他知道，自己此刻要找的并非那位年轻的艺伎，而是与她极其相似的阿丝的背影。他甚至忘了今天本是要去学校的，只是自顾自地从驹形走到藏前，从藏前走到浅草……然后又毫不犹豫地走向葭町方向。但来到电车川流不息的马食町大道时，长吉困惑了，他不知道自己该往哪条小路拐才好，所幸他还认得大致的方向。正因为他是一个土生土长的东京人，才更不愿意张嘴问路。除此之外，他也不愿意将恋人居住的地方告诉不相干的路人，那种被人窥视内心秘密的感觉，甚至会让他感到十分的恐惧。

长吉也没有其他法子，只是不停地在路口左拐，甚至两次路过同一处类似建材批发市场的河岸。最后走到一条能看见远处明治座屋顶的略宽道路时，才从远方的轮船汽笛声判断出自己所在的位置和方向。不过他已经很累了，戴着学生帽的额头不停地渗出汗水，就连裤裙的腰带处都湿透了，但他一刻也不想停下脚步。站在那个明月之夜陪伴阿丝来过的巷口时，他感觉自己比那一晚更悲哀、更担忧，也更疲惫了。

借着清晨的阳光，整条巷子一览无遗。原以为巷内不过一些带有格子门的低矮小屋，在白日的阳光下才知道，此处不仅有高耸的大库房，甚至还有装有防盗器的木墙，松树的枝条从木墙上探出身来，厕所的门口撒着石灰，几个垃圾箱也排列得井然有序，边上有几只正在徘徊的小猫。巷内居然还有许多行人，他们络绎不绝地走在狭窄的阴沟板上，两两相遇时只能侧身互让。嘈杂的说话声中夹杂着三味线的练习声和水流声，想必是谁正在洗东西吧。一个瘦小的女人正在用扫帚清理着阴沟板，她的红色衣服下摆被高高卷起，格子门旁也站着一个人，正认真地一根根擦拭门上的木头框架。长吉开始畏惧了，他不仅害怕面对巷子里的众人，也在踌躇自己接下来该做什么，其实自打进了巷子开始，他就在思考自己该怎么做。他想装作不经意地路过松叶屋，然后偷偷地往里找寻一下阿丝的身影，可眼下四周亮得晃眼，偷窥显然是不成了。那不如站在巷口等待，兴许阿丝会外出呢？可就这么被附近店家一直注视着，长吉又感到如坐针毡般地难以忍受，不到五分钟就想逃离了。长吉一边思考着，一边向对面的小巷子走去，附近传来了一阵咔咔的响声，循声望去，原来是卖粟饼的老爷爷正从远处走来，还不时敲打着手里的杵棍以吸引附近的孩子们。

长吉沿着滨町的小巷慢慢走向大川端。他此刻才明白，哪怕自己站在那里努力等待机会，白天总是诸多不便。不过现在再去学校也已经迟了，可若是不去学校又该去哪儿待着呢，他必须找到一个能一直待到下午三点的地方才行。母亲阿丰对学校的时间安排了如指掌，早一小时或晚一小时回家，都会被母亲追问不停的。长吉当然可以轻描淡写地敷衍过去，但又实在不愿意遭受良心上的谴责。他就这么不知不觉走到了河边，从前那座游泳场旁的小屋已经被拆除了，柳树荫下坐着几个垂钓者，边上还站着四五个沉默的看客。长吉心想这可真是个好机会，便也装出一副旁观者的模样靠了过去。可惜疲惫的他有些站不住了，便靠着柳树蹲了下来。

天空慢慢开始放晴了，虽也不时有风吹过，但灼热的秋日骄阳依旧吐着湿热的气息，在眼前的河面上留下刺眼的光芒，而路旁长围墙中伸出的浓密树荫又让人感到凉爽宜人。树荫下不知何时来了一个卖甜酒的老爷爷，肩上的红漆箱子也已卸下。屋顶一排排瓦片在强烈的阳光下更显污秽，秋风把云朵吹成了云团，一动不动地低挂在空中，似乎就连不停吐着煤烟的工厂烟囱都比它们高出许多。背后一家渔具小店里传来了整点钟声，长吉仔细数了数才惊觉原来已经十一点了，自己居然走了这么久。不过转念一想倒也不错，因为距离三点也就不远了。长吉看到一个垂钓者已经吃起了饭团，便也跟着打开饭盒，可是这么多人看着吃饭又总觉得有些不好意思，便四下观察了一阵。所幸已经接近正午时分，整条河岸上都看不见几个来往的行人，于是他一阵狼吞虎咽地解决了午饭。垂钓者大多静止不动，宛如一个个木头人一般，卖甜酒的老爷爷已经开始打盹儿了，午后的河岸愈加寂静无声，就连一条狗都不曾见到，长吉不禁失笑，自己怎么竟变得这般胆小了呢？

　　长吉在两国桥和新大桥之间转悠了一圈后，决定走回浅草方向，脚下却不自觉地又一次走向了莨町的那个巷口，"万一能遇上呢？"他想着。巷子里的行人较上午少了很多，这让他放松了不少。长吉蹑手蹑脚地走到松叶屋前往里看，室内一片昏暗，就连说话声或三味线的声音都不曾入耳。不过长吉很满足，就像自己此刻正路过恋人的屋子却无须忍受任何人的苛责一般，这感觉就如同一场勇敢而不可思议的冒险，哪怕自己早已累得抬不起脚了也心甘情愿。

四

　　这周的剩下几天，长吉总算是乖乖地去了学校。过了一个周末后，他在周一乘坐电车路过上野时，突然想起今天要交的代数作业忘了做，英文和汉文也忘了预习，而且今天还有一节机械体操课，倒挂单杠，或是从高于头顶的高架上跳下来，这对长吉来说，简直就是世上最可怕、最讨厌的事情了。即便军曹出身的老师再严厉，整个年级的同学再嗤笑，长吉还是做不好，这么一想，他迫不及待地下了车。他从小就不擅长体育，所有的体育游戏都无法参与其中，自然也就被周围的伙伴所蔑视、孤立，再后来就是被同学作弄、欺负，只这一点就够让他讨厌学校了，因为那对他而言就是一个充满了苦闷和难堪的地方。所以哪怕他知道母亲对自己寄予了厚望，也依旧不打算考高等学校，听说进入高等学校的第一年势必要忍受野蛮残酷的寄宿生活，而关于宿舍的种种传言早就让长吉吓破了胆。单就绘画和书法方面而言，同级生中无人能出其右，但长吉生性软弱，所以与铁拳、柔道等所谓的"日本魂"丝毫挨不上边的。他从小就喜欢听母亲弹她那赖以生存的三味线，无须刻意学习便可记住弦调，所以他对音乐有着敏锐的直觉，那些人人传唱的流行歌曲，他只需听上一遍便能记住。住在小梅的舅舅萝月师傅一早就发现了长吉那异于常人的音乐天赋，也曾建议阿丰把儿子送到桧物町或植木店等地的名家处学习，但阿丰总是摇头不允。不仅如此，就连萝月提议让长吉学三味线的事都被她严令禁止了。

若真如舅舅提议那般从小开始练习三味线，现在肯定也是个能独当一面的艺人了，自然也就不至于在阿丝成为艺伎后为自己的无能所悲哀。他突然恨起自己的母亲来，是她的一味干涉误了自己的终身。与此相反，萝月舅舅的爱则让他感到无比亲切与怀念。从前，母亲或者萝月舅舅自己总会随口提到一些舅舅曾经的放荡不羁，这对初识恋爱之苦的长吉来说，此刻竟多了一种别样的感觉。长吉首先想到的是"住小梅的舅妈"的故事，她原是金瓶大黑的花魁，后来在明治初期吉原解放①后就跟了住在小梅的舅舅。小时候，舅妈非常疼爱自己，但这却惹得母亲阿丰颇有怨言，就连盂兰盆节和年底这种本该走亲串戚的节日，也不愿意上门问候。如今回想起来，母亲这种企图控制一切，恨不得就连睡觉也不离开自己的所谓"慈爱"，真是无聊至极，真是让人厌恶。舅妈就完全不同，她从前就曾似有所指地说过："你们，一定要永远好下去哦。"所以她若是看到阿丝和自己的现况，一定会理解并同情自己的。她不会自私地把自己的喜好强加于人。长吉默默地在心里把母亲那样的良家妇女和舅妈那样有过特殊人生经历的女人的心理做了一番比较，也顺便将学校的老师和萝月舅舅做了一番对比。

东照宫的后方有一片树林，长吉一直躺在林子里的石头上思索到中午。然后从书包中抽出一本小说，认真地读了起来。不时还琢磨着怎么偷出母亲的印章，在明天要交的请假条上盖章。

---

① 1872 年日本政府发布命令，废除娼妓职业，大批吉原妓馆区的妓女因此获得解放。

五

经过一段整日整夜阴雨连绵的天气后，又迎来了另一段碧空如洗的连日晴朗。这段时间很是奇怪，乌云刚刚遮满天空，马上就会刮起一阵风，把路上的干沙子吹得漫天飞舞。随着瑟瑟秋风的降临，气温也连日骤降，紧闭的门窗不时被强风所撼动，发出咔嗒咔嗒的悲鸣声。长吉每天早上都必须在六点前起床，这样才能保证七点准时到校。可是，随着渐渐逼近冬日，起床时室外的光线也一日更比一日暗，入冬后终于如夜般漆黑一片，只得在屋内点灯。每至初冬，拂晓昏黄的油灯总会让长吉生出一种莫名的悲凉与厌恶。阿丰尽心尽力地照顾着长吉，她总比儿子起得更早，穿着一件单薄的睡衣便开始准备热腾腾的早饭，一边看着时间催促儿子起床。长吉也知道母亲是一片疼爱之心，但温暖的被窝实在让人留恋，可最终也只能不甘不愿地出门忍受冰冷的河风。但有时候他也会不满于母亲的过分唠叨，甚至会一气之下故意解掉母亲让他戴上的围巾，最终以感冒收场。几年前，他和阿丝曾跟着萝月舅舅去过一次西市……自那以后，每到西市这一天，长吉都会想起那年那日的事情，然后不禁感慨时光飞逝，转眼间，又是一年十二月寒冬。

长吉任由思绪在历年寒冬的记忆间徘徊，今年、去年、前年和小时候的冬日，果然是截然不同的，原来幸福是会随着年龄的增长而逐渐黯淡。上小学前的冬日早晨，自己不仅可以尽情地躲在温暖的被窝中，身体也不会如现在这般畏寒，也更喜欢在寒风冰雨中奔跑。可如今早起走过今户桥时，甚至连桥上的白霜都让自己感到畏惧。冬日的日头落得极快，午后刚过就已经斜挂在待乳山的古树枝头上，寒风呼啸，夕阳西下，说不出的落寞与悲凉。不知道往后的一年年是不是还会有新的痛苦降临呢？今年的十二月，长吉第一次深切地感受到了时光飞逝的无奈与悲伤。观音寺境内的年市已经开始了。母亲的弟子们也纷纷送来了年礼，家里的壁龛上摆满了砂糖、鲣鱼干等礼物。期末考试结束后，母亲收到了老师发来的成绩警告书。

　　长吉早就做好了思想准备，所以他只是低着头默不作声，听着母亲那句"我一个人拉扯你长大吃了多少苦"的老生常谈。上午来的年轻女弟子们已经回家了，一直到下午三点放学前都不会有弟子登门的。这段时间也是母亲最悠闲的时候。无风的冬日，阳光慵懒地照在路旁的窗户上。紧闭的格子门外突然传来一个悦耳的女声："有人在家吗？"母亲闻声，惊讶着站起身刚准备开门，女子的声音又一次响起："阿姨，是我呀！好久没来看您了，是我的不对！"

　　长吉身子微颤，他听到阿丝的声音，是的，阿丝来了。她解开身上那件美丽的混纺吾妻外套的细绳后，走进屋来。

"哎呀，长吉也在家呢。今天放假……啊，对了！"接着，很是装模作样地"呵呵呵"了几声后，双手撑地恭敬地行了一个礼说道："您身体还好吗？最近真是连出门的时间都没有，上次分开后，一直都没能来看您……"

阿丝打开手边的绉绸包袱，取出了一个点心盒。长吉则一言不发地盯着阿丝，眼神有些呆滞。母亲显然也有些惊讶，在表达了谢意后夸道："阿丝可真是越来越漂亮了，差点都认不出来了呢！"

"变老了吧，大家都这样说。"阿丝嫣然一笑，又把刚刚解开的紫绉绸羽织系好，然后从腰带间拿出一个绯色天鹅绒的烟袋说："阿姨，我学会抽烟了，这样看起来是不是冷艳多了？"

这一回，她笑得很是畅快。

"坐过来取取暖。"阿丰取下长火钵上的铁水壶，为阿丝倒了一杯茶说道，"什么时候亮相①的？"

"还没呢。因为马上就要过年了。"

"这样啊。不过你这么漂亮，又学了一身的技艺，将来肯定能红……"

"承您吉言。"阿丝停顿了一下又继续说道，"那儿的姐姐也很高兴。有些人年纪比我还大，却什么技能都不会呢。"

①亮相，此处指艺伎正式工作前需先问候当地的权贵。

"现在啊……"阿丰说到一半，突然想起了什么似的，从茶架上取下一个点心盒，"真是不巧，家里也没什么可以招待的……这是道了寺的特产，倒是不错。"说罢，她特意拿出筷子夹了一下。

"老师，下午好！"门外传来了高昂的声音，两个前来学艺的小姑娘嬉闹着打了招呼。

"阿姨，您忙吧，不用管我……"

"哎呀，没事的啦。"话虽如此，阿丰还是很快就去了隔壁屋子。

屋里只剩两个人了，长吉有些尴尬地垂着头，阿丝的脸上却依旧平静，只是低声问了句："信收到了吗？"

隔壁房间里的两个小姑娘正在齐声唱着"嵯峨阿室樱花正好"。长吉沉默着点了点头，不知该如何回答。阿丝在第一个西市前给长吉写了一封信，说自己如今尚且无暇离开。长吉收到后，很快就回了一封信，告诉阿丝自己这段时间的生活琐事。寄出后，长吉日夜翘首以盼，却终究还是没收到任何回信。

"今晚是观音节吧。一起出去如何。我可以在家里住一晚的。"

长吉没有接话，他不知道此刻正在隔壁房间里的母亲会作何反应。

阿丝恍若未觉，自顾自地继续说道："晚饭后来找我吧！让阿姨一起来。"

"啊。"长吉轻轻地应了声。

"那个……"阿丝突然问道,"住小梅的舅舅最近还好吗?我记得他酒后跟羽子板店的老爷子吵过架的对吧,那是什么时候来着?那次我真是被吓死了。今晚他要是也能来就好了。"

在隔壁小姑娘停下休息时,阿丝向阿丰告辞道:"那么我们晚上见。感谢您的款待!"说罢便迅速回去了。

六

长吉感冒了。七草节①后学校正式开学,他强撑着去了一日后终于还是没躲过那场流行感冒的侵袭,于是在床上躺完了这个正月。

八幡寺内一早就传来了初午节②的鼓声。午后的阳光慵懒地照在格子门上,檐上不时飞过几只小鸟,惹得光影一阵闪烁。就连饭厅深处的阴暗佛坛,此刻也被照得明亮,壁龛上摆放的梅花已经散落。格子门紧闭的屋内弥漫着浓浓的春意。

两三天前,长吉终于能够起身了,正在屋外的暖阳中散步。痊愈之后他才觉得,虽然这场大病折磨了他二十多天,但却有

①七草节,又称"人日",新年第七天,有喝七草粥的习俗。
②初午节,每年二月的首个午日,日本各地稻荷神社举行祭祀稻荷神之礼。

147

意外的收获。下个月的学年考试，左右自己也是及格不了的，这场大病倒给了自己一个充足的理由，对母亲也就无须费心解释了。

不知不觉间，他走到了浅草公园的后方。这里的道路很是狭窄，旁边是一条深沟，沟边铁栅的对面立着一棵大树，树上的叶子早在寒风中落尽。树下是一排五区扬弓店①的后门，满地尽是令人作呕的污泥浊水。片侧町上有一片低矮的小屋，看起来就像被人随意抛掷于深沟中的废弃物。脏乱的地面，让来往于其中的人们显得格外匆忙，徘徊其中的人力车夫一身邋遢，遇见穿着齐整之人便会立即上前锲而不舍地拉生意。长吉总喜欢经过巡逻岗左侧的石桥一直走到四辻地区，那里时常聚集着一群远眺淡岛神社的看客。无所事事的长吉也时常站在拐角处仰视宫户座的剧目广告牌。

广告牌被安放在剧场上方的正中间位置，上面写着粗体字。其左右两侧画着各种各样的人物，小脸、大眼、指尖粗壮，穿着厚厚的衣服，看起来就像披着一床棉被，还摆出各种夸张的姿态。大广告牌后的屋檐上以各种各样的人造花加以点缀，远远望去就像一辆花车。

长吉忽然意识到，此刻虽是一片日暖风和之貌，但总归是刚过立春，不宜在春寒料峭的冷风中站立过久。看到戏剧广告

①浅草公园一带曾经的妓院聚集地。

148

牌后，长吉便直接从小门走进剧场，那里是专供人们站着看戏的地方。进门后，眼前出现了一处楼梯，吱吱呀呀地让人不由得担心它会随时崩塌，楼梯的拐角处不仅晦暗，还散发着一股汗臭味，是从比这里更加昏暗的楼上飘下来的。周围不时传来呼叫演员的吆喝声，这让长吉感受到了城市观众才能体验到的一种特殊快感和热情。他三步并作两步地快速上楼，用力挤进人群。站席位于一个倾斜低矮的天花板下方，就像站在大船的底舱一样。剧场后部的所有汽灯都被拥挤的站客所遮挡，所以整个剧场都显得幽暗，且密不透风，铁栏杆前的观众甚是滑稽，就像推推搡搡的猴群似的。整个剧场中，能称得上宽敞的地方大概就只剩下天花板了，舞台在有色气体的笼罩下，显得又远又小。梆子声响起后，舞台上改了布景，后方是一道笔直的石墙，地上铺着一块看起来满是污垢的天蓝色地毯，背景画上是一道小小的瓦顶土墙，看起来是武士宅邸的院墙，天空被涂成了黑色，这是为了告诉观众这是一个发生在深夜的故事。长吉也看过不少戏，所以知道"深夜"与"河边"的背景设定，就意味着马上要出现杀人的情节了。幼稚的好奇心使他不自觉地踮起脚，伸长脖子望向舞台。果不其然，接连不断的低沉大鼓声中夹杂着梆子声传来，一个随从模样的人与一个怀抱席子[①]的女人一边大声争执着，一边从左侧巡逻岗旁的阴暗处走了出来，

①下等妓女的典型特征。

149

惹得观众哈哈大笑。他们似乎在寻找什么似的，随后又捡起了什么，突然脸色大变，念起了净琉璃剧《梅柳中宵月》与人物的姓名，声音极其清晰响亮。早已焦急等待的观众们欢呼雀跃，场内沸腾了起来。梆子声再度轻响，黑衣男子①将舞台右侧角落里布景拆下部分后，走出三名身穿武士礼服的净琉璃演员，和两名弹奏三味线的乐师，狭窄的舞台上响起三味线的伴奏声和歌声。长吉一直很喜欢并熟悉这种音乐，所以即便场内偶尔会传来烦人的婴儿哭声和观众呵斥声，他也足以听清台词和三味线的伴奏音。

　　……胧月星影二三，亦闻钟声四五，似谁尾随于我。

　　一阵轻踏声传来，场内所有人，包括正沉浸于剧中情节的看客们无一例外都被这阵响声所惊扰。只见一个用头巾挡住脸的妓女正弯着腰从花道处跑出，上衣处胸口大开，露出里面红色的内衣，领口处则缠有一条紫色的丝巾。"看不见啊！前面太高了！""帽子拿掉！""浑蛋！"怒吼声在场内此起彼伏。

　　白鱼惧渔网，妾惧世间人，君行妾自随，但悲飘

---

①穿黑衣在舞台上设置道具的工作人员。

150

零身……

妓女的扮演者走到花道尽头时，频频回望身后，口中则继续唱道：

> 上游传来了赏梅的船歌，妾止步凝望。不忍惊扰这如墨的夜色，薄云也不曾阻碍着月色清明，妾十六夜，正焦急等候命运的安排。就连上天也怜惜我们这对相爱之人，为我们赶走乌云，让月光照亮彼此的容颜……

场内再次骚动起来，漆黑的天空布景中央有一个圆形的孔，里面亮着灯，从长吉现在所站的位置上，可以清晰地看到那些云彩都是用绳子吊起来的。因为那个月亮看起来又大又亮，近得就像伸手可触一般，衬得那些围墙显得遥不可及。不过，无论是长吉还是场内的看客们，都不会因此而停止脑中美丽的幻想。舞台上的圆月，让他不禁想起了去年夏末送阿丝去莨町时，今户桥边的那轮大大的圆月，眼前的舞台也似乎成了那晚的夜景。

这时，一个头发散乱，身穿便服的男子跟跟跄跄地走了出来。与女子擦身而过时突然望着她问道：

"是十六夜吗？"

"清心君吗？"

女子靠向男子道："妾想您想得好苦啊！"

观众们很是兴奋，诸如"哟，是情人啊！""哟，不得了啊！"等叫声此起彼伏。当然也有一些戏迷因为被打断思绪而怒吼道："安静点！"

舞台的那对痴男怨女本欲投河殉情，女子被白鱼舟夜间撒下的渔网所救，所以重新回到了舞台上。男子也一样活着爬上石墙。嘈杂的歌声、对富贵的艳羡、生存的快乐与绝望、机会与命运、诱惑、杀人……惊涛骇浪般的剧情终于落下帷幕。一个略有些恐怖的声音传来："换场——喽！"于是所有的观众都朝着出口方向蜂拥而去。

长吉也加快脚步走出了剧场。虽说天色尚明，但太阳却是早已下山。杂乱无章的千束町内，小店的暖帘和旗子在风中肆意飞舞。路过民居时，长吉弯下腰来朝屋檐低矮的平房内瞅了一眼，想看看现在是几点，可惜里面一片漆黑，不见一物。久病初愈的长吉禁受不住晚风的侵袭，所以连忙加快脚步向家中赶去。路过隅田川时，他又不由得停下了脚步，山谷中的细流在奔向今户桥的途中，形成了眼前的壮丽景致，令人流连忘返。河面上灰暗的波光似带着悲怆之色。河岸诸物被冬日黄昏的水汽所笼罩，朦胧绰约。海鸥在货船的船帆间穿梭，奔流的河水让长吉生出了几份悲凉。河对岸已经亮起了一两盏灯，枯萎的树木、干涸的石墙、脏污的瓦顶，入目之景尽皆冷色，恰如被这寒冬褪去了光华。从戏院出来后，清心和十六夜那华美的身姿就一刻也不曾从他脑海中离去，此刻更加清晰了，就像羽子板的贴画①一般。那一对男女的爱情故事让他羡慕，甚至有些妒忌。可羡慕又有何用呢？自己终究还是个可怜之人。或许死亡才是自己的解脱之路，可孤身赴死却又未免太凄惨了，但又有谁会与自己生死相随呢？长吉越想越觉得自己实在悲惨。

踏上今户桥时，冷冷的河风扑面而来，如一记响亮的巴掌般打醒了他。寒风侵入，长吉不由得一阵颤抖，一句无意间记下的净琉璃唱词脱口而出，就连自己也感到有些讶异。

此刻再说无益……

这段优美的曲调是清元派的独创，其他流派难以仿得其精髓。长吉自然不会像专业演员那般昂首挺胸，提气高唱。那段唱词就如溪水般从他的咽间自然流出，复又于口中低吟，即便如此，长吉也似乎感到内心的痛苦疏散了许多。"此刻再说无益……仔细想来……岸边青柳……"长吉一路反复哼唱着，直到拉开家中的那扇格子门。

---

①贴画，一种日本的工艺品，用厚纸做出花鸟人物的形状，贴上美丽的花布后塞入棉花等物，再贴在羽子板上，十分立体生动。

七

第二天下午，长吉又去了宫户座，依旧站着看戏。昨日那对恋人相依相偎的美丽舞台，让他感受到了一种难以言喻的凄美，让他沉醉其中无法自拔。不仅如此，戏院里的漆黑天花板，密闭的二楼空间中散发出的阴霾与酸臭，还有那通明的灯火与拥挤的人潮，都让他感到深深的着迷。长吉最近很是寂寞悲伤，除了阿丝的离开外，还有一些就连他自己也说不清道不明的原因。但他就是很寂寞、很悲伤。长吉迫切地渴望找到一种可以抚慰自己的寂寞与悲伤的东西，可那究竟是什么？他自己也不知道。他很想找到一个美丽的女子，她温柔，善解人意，能够耐心倾听自己内心深处的难以形容的痛苦。他的梦中时常会出现女子，时而是阿丝，时而是擦肩而过的陌生女子，一转身，那女子就变成了梳着岛田髻的姑娘，或者梳着倒银杏髻的艺伎，又或是梳着圆髻的妇人。

虽然与昨日上演的剧目完全相同，但长吉依旧看得津津有味。与此同时，他也仔细地观察着四周的坐席。世上女子千千万，可为什么就无一人能给自己以心灵的慰藉呢？不拘高矮美丑，只要能够温柔地与自己说说话就可以，那样，自己就会从对阿丝的深深思念中脱身了吧。越是想念阿丝，他就越渴望某种能够减轻这种痛苦的东西。他期待那样东西能够让自己忘却对学校与前途的绝望……

突然有人拍了拍长吉的肩膀，他吃惊地回头在混乱的站位席中寻找，那是一个头戴鸭舌帽的年轻男子，浓眉下还戴着一副黑色的墨镜，此刻正站在身后更高一级的台阶上伸着脖子俯视下方。

"这不是阿吉吗？"

虽然认出了眼前人，但阿吉实在是与记忆中的模样判若两人，长吉一时语塞。阿吉是长吉在地方町小学时的同学，他的父亲以前在山谷路经营一家理发店，阿吉还曾在店里为自己理过发呢。眼前的阿吉脖子上围着一条丝帕，和服外套内是一条大岛捻线绸羽织，浓烈的香水味扑鼻而来。

"阿长，我现在是个演员哦！"阿吉探身在长吉耳边小声道。

站位席四周一片混杂，所以长吉虽然惊讶却也没有太大反应。不多久，舞台上又出现了和昨天一样的河边打斗场景，主角将偷来的钱藏在怀中跑出花道，手中还不停扔着石子，梆子声也同时响了起来。帷幕被拉动，站位席上又出现了昨日那声"换场喽"。人潮涌向狭窄的出口时，幕布也被完全拉开了，一阵大鼓声从舞台后方传来。阿吉拉着长吉的衣袖道：

"你要回去了吗？哎呀，再看一幕吧。"

一个身着剧场工作服，长相寒碜的男子走了过来，手里拿着个贴着涩纸①的小竹篓来收下一场的戏票钱。长吉虽也有些担心时间，不过还是依言留了下来。

"太好了，我们可以坐着看了。"此时场内已经空出许多位子，于是阿吉在后方的窗边坐下来后示意长吉过来。"做了演员后，是不是变了很多啊？"他一边说着，一边煞有介事地摘下黑色金边眼镜，扯出友禅绉绸的衬衣长袖擦起镜片来。

"确实不一样了，我差点没认出来。"

"是不是很惊讶啊，哈哈哈哈！"阿吉听完开心地大笑出声，"有件事想拜托你。虽然我看着像那么回事，不过还是担心冷场。我现在是伊井一座的新演员，不过后天开始就要去新富町了。到时候，来给我捧个场吧。好吗？你直接到后台来，说找玉水就行了。"

"玉水？"

"嗯，玉水三郎……"他急忙从怀里掏出一个女式钱包，拿出一张小小的名片递给长吉道，"看，玉水三郎。我已经不是过去的阿吉了，现在多少也算个腕儿了呢。"

"是不是很有意思，演员这个行当。"

"倒是挺有意思的，有时候也挺累……不过女人方面倒真是自由。"阿吉说罢瞥了一眼长吉，"阿长，你有女人吗？"

---

①柿漆纸，把和纸贴在一起，然后涂施柿漆，使其强度增大的纸。

"还没有。"话一出口，长吉就觉得这真是作为男人的耻辱，于是便不再接话。

"你知道江户一丁目有家梶田楼吗？今晚我带你过去见见世面，没什么好怕的啦。别这么扭扭捏捏的，有我带着没什么好担心的。我对你够意思吧，哈哈哈哈！"阿吉旁若无人地大笑着。长吉突然打断道：

"艺伎很贵吧？"

"原来你喜欢艺伎啊？眼光够高的啊！"新演员阿吉瞪大了眼睛看着长吉，"艺伎当然贵啊！不过你居然打算花钱玩女人，也太厚道了吧。我知道公园那边有两三家艺伎屋，带你过去玩玩吧。一切交给我就行了。"

不时有人成群结伴地走上二楼，站位席也恢复了先前的喧器。等在幕前的观众们急不可耐地鼓起了掌。舞台深处的梆子声虽然时隔很久，但总算是快要开场的模样了。长吉从局促的窗边站了起来。

"别急，还早着呢！"阿吉自言自语道，"这叫巡回梆，只是用来通知演员们道具已经就位了而已，距离开场还早着呢！"

他悠闲地点了一根烟。"这样啊。"长吉闻言心下佩服，但依旧站在铁栅栏处眺望舞台方向。站在花道与舞台正面池座之间的那些观众，不像阿吉那般了解此前的梆子声是何意，个个皆以为好戏即将开场。于是外出透气的人都纷纷赶回自己的座位，剧场内顿时一片混乱。傍晚的斜阳在看台与幕布间投下了一道长长的光束，但长吉却因此而生出了一种不可名状的悲凉。长吉饶有兴趣地看着不时吹入的晚风在幕布上划出的一道道大波浪。幕布上方写着致市川某某公，下方则是一串浅草公园艺伎们的名字。长吉看了一会儿后问道：

"阿吉，这些艺伎里面，有你认识的吗？"

"拜托，公园一带是我们的地盘啊！"阿吉有种权威受到挑战的感觉，于是拉着长吉絮叨起幕布上写着的每个艺伎的经历、样貌和性格来。也不知几分是真，几分是假。

梆子响了两声后，开场曲和三味线的音乐响起，幕布随着逐渐紧凑的梆子声缓缓拉开。场内的观众们早就兴奋地喊起了演员的名字，无关的交谈声戛然而止，为剧场平添了几分若拂晓时分的光明和生气。

八

阿丰走到今户桥时才发现，原来早已到了春花烂漫的四月。独自操持家庭的忙碌女人，总会忽略外界的变化。暖阳洒进窗户，斜对面的鳗鱼店"宫户川"前，柳树长出了嫩于金色软丝的细芽时，阿丰才意识到寒冬已逝，暖春正茂。她习惯了被肮脏的瓦房顶隔绝在那条地势低凹的城郊小巷内。所以当一年也出不了家门几次的阿丰见到隅田川的流水桃花时，差点觉得自己莫不是老眼昏花了。如洗的碧空下，水面波光潋滟，堤岸草长莺飞，樱花绚烂，大学船库上各色旗帜迎风飘扬，四周万头攒动，炮声响彻云霄。渡船繁忙，载着赏花人往返于隅田川上，灿烂的春色在阿丰疲倦的眼睛里反而显得有些刺眼。阿丰正准备下渡口，突然又焦急折返回金龙山下背阴处的瓦町，在路边努力找寻外表肮脏的人力车和看起来懦弱一些的车夫，然后心惊胆战地交涉："车夫，我要去小梅，能便宜点吗？"

阿丰可没有心情赏花，她正处于六神无主的焦虑状态中。自己寄予厚望的独生子长吉，考试不及格也就罢了，居然还说打算不再念书了。心烦意乱的阿丰觉得也只能找哥哥萝月想想办法了。

问到第三个老车夫时，阿丰终于如愿成行了。午后的日光与尘埃落在吾妻桥上，包裹着如潮般涌动的人群。那位老车夫拉着晃晃悠悠的人力车，载着阿丰汇入坐满盛装赏樱青年男女的人力车流中。刚一过桥，便摆脱了赏樱大潮，拐入中乡后就到了业平桥。虽是春光明媚的大好时光，但此处却只有污秽板条屋顶上的阳光，还勉强能让人感受到几分明亮，拉纤路旁的河水死气沉沉地倒映出蔚蓝的晴空。曾有金瓶楼小太夫[1]之称的

①太夫，对艺人（唱戏的人）、神职人员和娼妓的称号或敬称。

萝月太太，在棉衣的领口处塞了一块帕子，阳光照在她那因时常擦粉而皱如靴皮的脸庞上。此刻，她正站在靠近大路的那扇格子门前往晒板上贴着东西，这里鲜有行人，只有几个孩童聚在一起拉洋画、转陀螺。人力车停下后，她很快就认出了正下车的阿丰，于是冲着打开的格子门对屋里大声喊道："来了稀客啦，今户的乐师来啦！"

主人萝月大师在摆着一排万年青盆栽的走廊上放了一张小桌子，他时常坐在这里按天地人的顺序来排列、选定俳谐。

萝月摘下眼镜后站起身，走到客厅中央坐好，妻子阿泷一边拿下系在肩头的布条，一边将阿丰迎进屋里。这两位年纪相仿的老妇人不停地互相鞠躬、问候对方。阿丰尚未入座，可是从"阿长最近好吗？""身体倒是不错，但实在不让人省心啊"的问答中，萝月就已经大致了解阿丰的来意了。萝月不紧不慢地磕了磕烟灰，心想年轻人总会难免经历迷惘，自己又何曾不是这么过来的。这种时候，父母无论怎么劝说都只会让孩子徒增仇恨罢了。与其严加干预，倒不如静观其变。但眼前这位目光短浅的母亲显然无法理解这种通情达理的放任主义，她的心里满是因孩子前途未明而生出的恐惧。阿丰喋喋不休地低声说着自己的担忧，例如长吉很久以前就会偷拿自己印章伪造假条之类的，她似乎生怕这一切都还只是厄运来临前的征兆……

"我问他，你要是真不打算念书了，那将来准备做什么？他说想当演员，演员！啊！这可怎么是好啊？哥哥，长吉怎么就这么没出息啊，这么多年的书不就白念了吗？"

"啊？他想当演员？"萝月闻言也不免惊讶了一下，不过转念一想也就了然了，长吉自七八岁起就爱拨弄三味线，"既是他自己想当演员，那估计就……不太好办了。"

阿丰又一次老生常谈地说起来自己的遭遇，家道中落后，她不得不沦落成教导艺伎的乐师，但儿子却是万万不可再入此低贱行当了，否则自己将来该如何面对列祖列宗呢。每每听到阿丰说到家道中落之事，萝月就会联想起曾经因放荡不羁而被逐出家门的经历，于是便会尴尬地想要挠头，尽管他已经没剩几根头发了。他一直都对演艺界持着欣赏与肯定的态度，听到阿丰这种偏激的思想，真恨不得好好说教一番。可他又怕会因此而引发更加冗长的"无颜面对祖先"的言论，所以，萝月便打算先用一番说辞稳住阿丰。

"你先别急。其实年轻人多走些弯路未必不是好事。这样吧，今晚或者明天，你让长吉来我这儿一趟，我保证让他乖乖回头。你也不必那么担心，船到桥头自然直嘛。"

阿丰听完，再三拜托哥哥后谢绝阿泷的挽留出了门。春天的夕阳看起来格外红艳，此刻正斜斜地挂在吾妻桥上空，前来赏花的人们也纷纷踏上了归途，所以此时比来时的场面显得更加混乱。阿丰在人群中见了几个穿着金纽扣学生服的少年，昂首挺胸，看起来十分精神，不知道是不是哪里的大学生。自己一个女人，孤身一人苦苦支撑到今日，不正是为了自己儿子能够考上大学，光宗耀祖吗？可如今，满怀的希望竟在一瞬间化为泡影，一想到这里，她就感觉阵阵苦涩涌上心头。虽然委托哥哥萝月帮忙劝说长吉，但她依旧提心吊胆的。倒不是因为哥哥年少时也曾经荒唐过，只是觉得现在大概没人可以劝说长吉重新振作起来了，所以她想到了神灵之力。路过雷门时，阿丰突然决定下车，不顾仲店街的拥挤而快步走向观音堂。诚心叩拜后，阿丰在佛前求了一支签，只见古朴的纸片上写着几行木版印刷体。

第六十二　大吉

灾坎时时退：几许蹉跎事难谋，时来运转喜自然。

名显四方扬：显祖荣宗大器成，万古留名姓氏扬。

改故重乘禄：前面风霜多受过，后来必定享安康。

高升福自昌：一朝福禄源源至，富贵荣华显六亲。

○心想事成○疾病痊愈○失而复得○盼者自来

○建造顺利○旅行顺利○嫁娶生育○万事如意

看到大吉两个字后，阿丰总算安心了。可是老话总说水满则溢，福祸相依，想到这里，她的脑海中便不由自主地浮现出各种恐怖的画面，最终心力交瘁地回到家中。

九

这日上午，长吉如约到了萝月家，二人一起吃过茶泡饭后，便一起去了龟井户的龙眼寺书院，下午那里会举办一场俳谐创作评选会。走出小梅的住处后，二人沿着押上河岸边走边谈地走向柳岛方向。正值正午退潮时分，河底的漆黑污泥清晰可见，在四月暖阳的照射下散发出刺鼻的浓臭。一阵煤灰不知从何处飘来，轰隆隆的机器声随之传来。路旁小屋的地势较之路面更低，所以屋内的妇人们不见春光，一味地缩在阴暗的小屋内操劳着家事的情景，毫无遗漏地落在了过路行人的眼中。拐角处的木墙上满是污垢，横七竖八地贴着各种药品、占卜，以及招聘女工的广告。两人在晦暗的路上绕来绕去，不久后终于来到一处地势较高的坡地。丹红的妙见寺外墙对面，是干净整洁的桥本饭店木墙，让人感到耳目一新。贫瘠的本所区彻底被甩在了身后，木桥对岸的青青河堤映入眼帘。穿过河堤，龟井户村的广袤田园风光一览无余。萝月停下了脚步。

"我要去河对岸的那座寺庙，喏，那棵松树旁有个屋顶，就是那里了。"

"那么，舅舅，我就先回去了。"长吉早就取下了帽子。

"急什么啊，走了这么久也渴了吧，休息一下再走也不迟啊。"

二人说罢便又沿着红墙走了一段路，妙见寺门前有一个架着芦苇顶的小茶摊，萝月径直走了过去坐下。笔直的河道一如先前那般，也因退潮而露出了污浊的河床，不过远处农田吹来的微风倒是清新宜人。如果站在对岸的河堤上，就能清晰地看见天神神社的鸟居了，堤上的柳芽在阳光的照耀下闪烁着迷人的光芒。河堤的后方便是神社寺门了，麻雀和燕子在屋檐上飞来飞去，婉转的鸟啼声不绝于耳。四周也不乏喷着煤烟的烟囱，但所幸远离市区，倒也并不妨碍春日宁静午后所带来的心旷神怡。萝月状似被四周的美景所吸引，欣赏了好一阵子后才假装若无其事地看着长吉问道：

"刚刚我说的，你听懂了吗？"

长吉口中含着茶水，无法出声应答，便只是点了点头。

"总之，你再忍耐上一年，等明年毕业以后……等你母亲上了年纪，她或许就不会那么固执了。"

长吉继续点着头，眼神则飘向了不知何处的远方。退潮后的河堤旁，两三个搬运工正不停地从停靠在此的运泥船上卸下泥土，再扛到堤外的工厂去。突然，两辆人力车从天神桥的方向跑来，打破了岸边大路持续已久的沉寂，最后停在了他们身旁的寺门前，大概是来扫墓的吧。一个头上梳着圆发髻，看起来像是富家太太的女子牵着一个年约七八岁的小姑娘走进了神社。

长吉与舅舅萝月在桥上分开前，萝月再次不放心地叮嘱道：

"那……"他沉默了一会儿继续说，"我知道你不愿意，但眼下还是再忍一段时间吧，孝顺父母总归会有福报的。"

长吉取下帽子微微鞠了一躬后，便拿着帽子飞快地朝押上方向走去。萝月也转身走向长满了杂草嫩叶的对岸河堤，他忍不住感慨道，今天的事还真是自己将近六十年人生中遇到过的最无奈的事，自己也从未如此因感情所困扰过。妹妹阿丰的请求不可谓之无理，但长吉希望正式加入戏剧行当的想法也无可厚非，正所谓匹夫不可夺其志。人各有志，无论结果是好是坏，都不可将自己的意志强加于人。萝月觉得自己就像被两块板夹在中间动弹不得，不能偏向任何一方。特别是一旦想起年轻时的那些经历，萝月便觉得自己完全能够理解长吉的理想。若要当时的自己忍痛舍弃明媚的春光，耐着性子坐在昏暗的当铺里工作，一定也会坐立不安的。坐在昏黄的灯光下面对堆积如山的账本，和坐到河畔酒家的明亮二楼上看看"洒落本"[1]，哪个有趣自是不言而喻的。长吉又何尝不是如此呢，他喜爱演艺事业，自然不愿意做一个留着胡子毫无前景的小职员虚度人生，人这一辈子，横也是过，竖也是过。但萝月现在既然处于中立的立

---

[1]洒落本，江户时代中期至后期流行的一种色情文学，主要通过滑稽的会话写实性地描绘花街柳巷的风俗、人情及嫖客的心得。

场，就不可暴露出自己的这种真实想法，只能说一些场面话安慰一下长吉，一如安抚他的母亲那样。

长吉在贫瘠且毫无看点的本所小巷中慢慢走着，他既不想回家，也没心思拐到哪里去，便晃晃悠悠地在巷子里随意穿行。他感到十分绝望了，本以为住在小梅的善解人意的舅舅会是自己唯一的希望，并相信舅舅一定会努力地替自己说服母亲，原来这只是掩鼻偷香罢了。舅舅虽然不像母亲那样直接强烈否决自己的想法，但他却再三劝诫自己演艺之路并不乐观，"闻之似极乐，见之如地狱"。舞台生活之艰辛，人际交往之烦琐都是对自己严峻的挑战，并希望自己能够理解母亲的担忧，能够更加懂事而无须等舅舅前来规劝。长吉心想，人上了年纪后，往往就会忽略自己年轻时也体会过的那些烦闷不安，训诫批评起晚辈来，也是一副理所当然的模样。一代人的代沟果然是不可逾越啊。

这片地区处处都是狭窄的小路，脚下的泥土漆黑泥泞。小路弯弯曲曲的不见尽头，似乎随时都有碰壁的危险。长着斑驳的青苔的木质屋顶，破烂的墙垣，倾斜的柱子，污秽的木墙，随意晾晒的褴褛衣衫与尿布，一排排的粗制点心与杂货……一栋栋阴暗的小屋杂乱无章地延伸到远方。虽然其中也不乏一些令人吃惊的大型建筑物，但无一例外的全是工厂。瓦顶高耸者为古寺，但大都已经荒芜，从破损的墙垣处可以一眼望见后方的古冢。塔形墓碑横七竖八地抱成一团，与布满霸道青苔的墓碑一起冲破了水岸之界，好几块墓碑甚至早已落入水洼一般的古池之中。没有人会在这里供奉鲜花，白日里就能听见古池中的蛙鸣，去年的枯草正在水中走向腐烂。

眼神在家家户户的门牌上随意掠过时，长吉突然看到一个名为"中乡竹町"的路名。这让他迅速联想到近来一段时间自己最喜欢的为永春水所著的《梅历》①。原来那些薄命的红颜就住在如此狼藉而潮湿的小巷子里啊。仔细一看，这里居然也有小说插图上画的那种竹墙小屋呢。只是墙根处的竹子已然枯萎，竹根处满是虫眼，看起来摇摇欲坠。小门的木屋顶上露出一棵瘦弱的柳树，若不细看，甚至不知垂落的枝条上原来还带着几许嫩绿。那个冬日午后，米八②偷偷前来探望病中的丹次郎时，大概也是从这样寂寥的小门进入屋内的吧。半次郎大概也是在这样的小屋中，用雨夜鬼怪故事骗来和阿丝的第一次牵手吧。一种难以言喻的恍惚和悲哀袭上长吉的心头，将他带入无边无际的幻想世界，心甘情愿地被那忽而甜美温柔，忽而冷淡无情的命运之手所戏弄。幻想的翅膀越飞越远，心中那春日晴空也似乎变得更加清澈辽阔。糖果小贩吹的朝鲜笛声从远处传来，入耳时却意外地多了一分低沉，更催几分难言的忧愁。

①为永春水（1790—1843），江户时代后期专写人情小说的作家。《梅历》原名《春色梅历》，是一部描写主人公丹次郎和三个女性之间恋爱故事的言情小说。
②米八、丹次郎、半次郎、阿丝均为《梅历》中的人物。

167

原本对舅舅的不加援手耿耿于怀的长吉，在周围景致的感染下，也暂时忘记了生活的苦闷……

十

明明还没入夏，这天却像夏末初秋时那般动辄大雨倾盆。千束町到吉原田圃一带毫无例外地迎来了大水，年年如此。据说本所的大部分地区也出现了积水。由于惦记着妹妹阿丰所居住的今户地区是否受灾，两三天后，萝月在傍晚回家前去了一趟妹妹家。积水尚无大碍，但另一个出人意料的灾难却把萝月吓得愣在当场。外甥长吉此刻正躺在担架上被抬往本所的传染病医院，手足无措的阿丰简单地将医生的诊断说了一遍。原来长吉在那日傍晚只穿着一件薄薄的夹衣跑到千束町去看洪水，就这么在泥水中溜达到了深夜，一回到家就感冒了，很快又演变成了伤寒症。说完后，阿丰便满脸泪水地跟着担架走了。万般无奈下，萝月只得留下替阿丰看家了。

区政府的人随后就登门了，用硫黄烟和石炭酸做了一次彻底消毒。待他们离开后，阿丰的家中就像刚刚做完大扫除，或是搬家时一样，满地狼藉。加之此刻四下寂静空无一人，像极了出殡后的情景。窗户在天黑之前就已经被关上了，大概是忌惮外人的窥探吧。强烈的风入夜后便开始肆无忌惮,不停地击打着窗户。气温骤然下降,从厨房障子的破洞中不停钻入的寒风,让客厅里那盏本就昏暗的吊灯更加摇摆不定,似乎随时都有被彻底吹灭的危险。每每到了这样的夜晚,油烟就会在灯罩上聚集成朦胧的黑雾。屋里的家具虽被重新摆放过,但依旧显得杂乱无章,在满是污垢的榻榻米与裱纸下半截早已千疮百孔的拉门上落下了随风摇晃的倒影。附近有一户人家不停地在念经,那重复了百万遍的声音此刻听来竟多了几分莫名的哀切。萝月一直独自坐在这里,百无聊赖下站起身来,走到厨房想找杯酒喝,岂料在这个女人当家的屋子里,别说酒了,就连一只酒杯也找不到。他回到客厅略开了一些窗户,想要借着路灯的光亮搜寻一下附近的小酒馆,但也依旧以失望告终。郊外的街巷,每家每户都早早地就关了门,除了阴森的念经声外别无响声。河边吹来的大风似是怒于屋顶电线的阻挡而呼啸不止。夜空中星光璀璨,只这晚风却如唤回了严冬一般,吹得人阵阵生寒。

萝月只得关上窗,继续无聊地坐在煤油灯下,盯着挂钟秒针的跳动一根接着一根地抽着烟。屋顶上不时传来骇人的响声,那是老鼠们正在四下乱窜。萝月忽然想到找本书来打发时间,可是在柜子和壁橱里翻了许久,也只找到常盘津的练习本和一些陈旧的皇历,于是他提着油灯,准备去楼上长吉的房间去看看。

　　长吉的书桌放着一摞书，旁边是一个杉木书箱。萝月从怀中的钱包里取出自己的老花镜，仔细地翻阅着用西洋方式装订的教科书，翻到一半时，突然从书中掉出一件东西，啪的一声落在了榻榻米上。萝月捡起来一看，原来是穿着艺伎春装的阿丝照片。他将照片夹回原来的位置后，继续随意地翻阅其他书，这回又出乎意料地掉出了一封信，似乎还是一封写了一半戛然而止的信，后半截的句子随着纸张被撕而一并丢失了，不过倒也不影响整体内容的阅读。长吉在信中写道，自从与阿丝分开后，不同的生活环境导致二人之间逐渐出现了代沟，自己曾经那么感谢上苍，能与阿丝青梅竹马地一起长大，可如今两人却渐行渐远。虽也时常写信联系，但生活境遇的不同终究还是让两人产生了隔阂，这让他如何能够不怨不恨。到后来，就连想当演员或是艺人的心愿也惨遭落空，理发店的阿吉也已过上了幸福的生活，可自己依旧在漫无目的地虚度时光。自杀的勇气虽无，但若是因病离世，倒也不失为一个好归宿。

　　合上信后萝月萌生出了一种奇妙的感觉，其实长吉早已厌恶了自己的人生，所以故意在水中待了那么长时间只求能够成功染病，若真是如此，一心求死的他又怎会康复呢？萝月无比后悔，为什么自己当初要说一些违心的理由去反对长吉实现梦想呢？自己不也曾因迷恋不该爱上的女人而被逐出家门吗？明明最应该支持长吉的就是自己，若就连自己也反对长吉进入演艺界与阿丝并肩前行，那岂不意味着自己不惜抛弃家业，宁愿饱尝人间疾苦也要坚持至今的人生其实是大错特错的？这岂不是让自己向来自诩的松风庵萝月宗匠之名蒙羞吗？

　　屋顶上的老鼠突然又一次狂奔起来。屋外的大风依旧放肆地侵袭着世间万物，头顶吊灯的火苗在风中忽明忽暗。萝月的眼前仿佛出现了一对年轻男女，长吉有着一张白皙的长形脸庞和炯炯有神的大眼睛，而阿丝则一如既往地娇俏可爱，美丽的眼角微微上扬。他就如同构思言情小说开篇的绘图般，不停地想象着这对年轻靓丽的身姿。与此同时，他也在心中不停地祈祷长吉的风寒能够尽快痊愈！

　　"长吉，你放心，从今以后我一定会陪着你的！"

　　　　　　　　刊于明治四十二年十二月《新小说》

狐

一

我静静地听着落叶滑过小院的声音，不时还夹杂着风吹动纸门的声响。

冬日午后，我独自一人坐于书斋中。昏黄的光线从窗子照射进来，总让我想起数年前与恋人分别的那个秋日原野里的黄昏。默默地读着屠格涅夫的小说，身旁只有炉火相伴。

在屠格涅夫少不更事的孩提时代，某个树木茂盛得让人有些窒息的夏日午后，父亲在后院漫无目的地散着步，而他则在杂草丛生的旧池塘边目睹了一场蛇与蛙的厮杀，在他仍未对善恶有清晰概念的幼小的内心里，甚至已经开始怀疑神的慈悲心究竟为何物……读着读着，不知为何我突然想起了父亲在老宅的旧庭院散步的场景，那是在我出生的小石川金富町。三十年前，小日向水道町水路中的水如同原野中肆意流淌的河流般，从河畔的鸭跖草之间静静地穿过。

维新革命发生后不久，水户城内将军家臣和武士的众多空宅邸开始挂牌出售，我的父亲顺应新时代潮流，一口气买下了三所宅院的地皮，而新建的宅院也将古老的庭院和树木完好地保存了下来。我出生时，新家壁龛的柱子上已经开始出现了恰似油抹布颜色一般的斑斑锈迹。从旧日庭院里原封不动保留下来的石头上已经覆盖了一层厚厚的苔藓，树荫也越发浓郁，就在那片最浓厚的树丛角落深处仍然还留存有往昔庭院的遗迹，是两口旧水井。一个叫作安吉的花匠常来我家，每年被修剪下来的松树的枯叶、杉树的断枝、樱花树的落叶以及庭院中一切尘芥都被一股脑地投入其中一口枯井，从我出生之前起，只五六年的光景，这口井也终于被掩埋起来，寿终正寝了。在我四岁那年的某个初冬黄昏，我看到刚刚为铁树、芭蕉做完防霜工作的花匠安吉正在拆毁井壁，而此时生长在井壁上的蕈菇已经被风吹干，只留下一层白色的霉斑。这也算是我为数不多的可怕童年记忆之一。枯井井壁中冬眠的蚂蚁、千足虫、蜈蚣、钱龙、蚯蚓、小蛇、蛴螬、螳螂等各色虫蝼咕噜咕噜、黏黏糊糊地开始慢慢活动，在寒风中痛苦地挣扎着，其中大多数都没过多久就白肚子朝上暴毙而亡了。安吉和他带来的两名工匠把当天掉落的枯叶和枯枝收集起来，在被砍刀拆毁的井壁旁燃起火堆，用竹扫帚将匍匐在地上的蛇、虫蚁拢到一起烧掉了。我听到了噼里啪啦燃烧的声音。没有火焰，只看到白烟，白烟中弥漫着湿气，同时裹挟着一股难以名状的恶臭，穿过高耸的老树树梢徐徐飘走了。寒风从老树树梢呼啸而过，仿佛一瞬间就让这座庭院披上了夜的衣裳，快得让人措手不及。这时我听到乳母呼唤我的刺耳喊声从远处传来，而我却完全看不清房屋的模样。我突然开始大哭，安吉只能拉着我的手将我带回家。

那口井已经彻底隐去了痕迹，安吉也将那片土地修整得很平坦，但每逢梅雨季节，或遇到雷阵雨时，又或者在台风季天降暴雨时，地面总是会塌陷一尺或两尺，之后就会拉上绳子禁止大家靠近。我至今还记得父母曾经严厉地嘱咐过我。另一口保存至今的古井更是在我的脑海中挥之不去，也成了当时最令我感到恐惧的记忆。那井好像非常深，就连安吉都不曾尝试将其掩埋。现如今究竟是何人住在那座宅子里已经不得而知，但是我始终觉得那口枯井一定还在，也仍然和那棵古老的柳树一起孤独地守护庭院的角落。

那口井的背后，无论是寒冬还是酷暑都有一片郁郁葱葱的杉树林静静地矗立着，也因此总是一片漆黑，给人一种踏入神殿附近的错觉，人总是害怕神佛责难的。这杉树林让这一带越发令人毛骨悚然。杉树林再往后是成片黑色的墙壁，墙壁上插满了尖利的竹片。墙壁的一侧是人迹罕至的坡道，通往金刚寺，另一面则是父亲一直憎恶的贫民窟，他恨不得它们尽快拆掉才好。父亲把原本分散的几座小院子一下子买了下来，所以如今得以连成一座宽阔的庭院，但是由于古井所在的角落与住宅建筑地之间隔着一段坡地，所以地势稍低，是一块仿佛被全家人遗忘了的坡下空地。我还记得母亲经常问起父亲，为什么要买这样一片毫无用处的土地。父亲答道，如果崖下建起廉价出租屋，一定会经常看到屋顶肮脏的瓦片或者阳光下晾晒的衣物，着实令人头疼。一下子都买下来，权当作闲置庭院也落得清静。但是父亲却为何不惧怕那棵在风中嘶吼、雨中哭泣、吞吐着夜色的老树呢？有时候，当我想起父亲那张棱角分明的脸时总是不自觉地感到恐惧，甚至比松树疖子更让人害怕。

　　一天夜里有贼人入室盗窃，偷走了四五件母亲的便服。第二天常来家里的土木工匠、木匠的头领以及警察署的调解员都匆匆赶来，父亲仔细检查着留在客厅走廊上的泥脚印。当时正值隆冬时节，根据脚印可以判断贼人踩碎了庭院一侧的冰柱，由此可以断定盗贼是经枯井后的黑色墙壁潜入宅邸内部的。古井前面还发现了一块肮脏不堪的旧手巾。其中有一个叫作清五郎的工头，据说他之前经常出入水户家。他牵着我的手，带着我在这片旧庭院的角落，在这口枯井旁开始了生平第一次巡游。古井旁边有一株柳树。其中一半已经腐朽，树干上布满了黑漆漆的窟窿，干枯的树枝纷纷向下垂落，仿佛在诉说着自己的悲哀。光是望上一眼，就有一股难以名状的厌恶涌上心头。而那口想埋都埋不起来的深深的枯井，我更是一眼都不敢向井底望。

并不是只有我自己如此。自从被盗以来，坡下的庭院、枯井周围一带让除父亲之外的所有人都闻风丧胆。当时适逢西南战争结束后不久，在这个多事之秋，空气中都弥漫着紧张的味道，世间到处都流传着反贼、刺客、强盗烧杀抢夺的传闻，人们被各种令人不寒而栗的猜想所支配，所有人都在担心会不会有贼人趁着夜色，沿着大户人家的宅院，或者生意人家里警戒森严的土仓边缘潜入，待一家之主熟睡之后伺机抽出带着寒光的白刃，或进行言语威胁，或直接手起刀落。不知道是母亲还是父亲的主意，常来我家的土木工匠开始每晚在我家巡逻。在那个严冬，我每晚都在乳母的怀中睡去，模模糊糊中我听到夜巡的梆子声是那么尖锐，那么清脆，从夜深人静的庭院中传向更远的地方。午后三点的点心吃的是安藤坂红谷的豆沙糕，之后我开始和母亲玩起了过家家，玩着玩着，我看到障子上映照出的黄色的夕阳渐渐沉下地平线，西风吹着树木沙沙作响，客厅壁龛的黑色墙壁也随之被黑暗吞没。母亲起身去厕所，从拉开的纸门望出去，整个院落暮霭沉沉，坡下的空间也已经陷入了漆黑的夜幕中。在我家，最早入夜的就是坡下古井处……不，倒不如说夜色是从那口枯井的井底喷涌而出的，直至多年之后这一想法仍然根深蒂固地留存在我的脑海里，挥之不去。

　　我到了开始上小学的年龄，但是每当遇到传通院的香日时，我都会在西洋画板上看到皿屋敷阿菊被杀的故事，乳母也经常给我讲绘本小说中的四谷怪谈，因此不只是那口枯井，就连旁边那棵已经腐朽的老柳树也不约而同地数次潜入我的梦乡，吓得我一身冷汗。我想亲眼看看骇人的东西。我总是战战兢兢地听着乳母口中形形色色的迷信怪谈，就这样我知识的嫩芽被这只迷信之钳紧紧地扼住了命脉。我再也不愿意回忆起父亲是如何咆哮着对我说，如果我再不听话，就把我赶出家门，绑在古井旁的柳树上，这对于天真烂漫的孩童来说是何等残忍。啊，真是童年的惨痛回忆。在那个年代不止我自己，有很多孩子都是即便过了十岁，也仍然不敢独自去厕所。

父亲为官时，内阁官员被称为"太政官"大臣，或被称为"卿"。父亲曾一度沉迷马术，但是不久就放弃了。四五年之后，突然又开始练习大弓了。父亲每天早上去官公厅前，都要在坡地半腰的位置立一块靶子，以枯井旁的柳树为脊，那个夏天仿佛每天都有弓弦声与清凉的晨风相伴。暑去秋来，在一个秋寒料峭的清晨，我看到脱下一只袖子的父亲手持大弓，张皇失措地自坡地上的小道飞奔而来，声嘶力竭地喊道：

"田崎田崎！院子里有狐狸。快来。"

田崎是个十六七岁的少年，与父亲有同乡之谊，不久前刚刚来到府上做学仆。但是对于我来说，他已经是个顶天立地的成年人了，他身体是那么的健壮，话语中不时夹杂着汉语词汇，盛气凌人。

"老爷，您有什么吩咐？"

"简直荒唐。院子里竟然有狐狸。它好像是听到我拉弓的声音受到了惊吓，从坡地上的竹林里逃了出来。它现在一定还在那边的洞里。"

田崎、家里的车夫喜助以及父亲三人一起到坡下茂密的竹林中搜寻狐狸的踪影，但是很快就到了父亲去官公厅的时间。

"田崎，你小子好好给我找一下。"

"是，遵命。"

田崎伏首跪在玄关处，父亲的车碾过地上的小石子出了大门。他马上把小仓布裤裙的立胯高高地掖在腰带下，拎着扁担走向庭院的方向。如今想想当时那些学生的样子仍然和幕府时期如出一辙，主从关系异常分明，从他们的一举一动中便一目了然。

母亲却一向平易近人，温和的母亲看到田崎的举动叮嘱道："很危险的，孩子。可千万不能让它吃掉，住手吧。"

"夫人，堂堂男子汉岂能怕区区一只狐狸？小菜一碟。您看着吧，老爷回来之前，我一定把它杀掉。"

田崎一如往常地耸着肩膀，气势汹汹。此人后来成了一名陆军士官，并且在甲午战争中战死沙场，由此也可以看出他天性如此，热衷于杀戮。厨子阿悦平日和田崎相处得不是很愉快，他农家出身，非常迷信。他见此光景脸色大变，告诉田崎说，绝对不能杀狐狸，会给家庭带来厄运。田崎说是遵主人之命，仅用只言片语就让厨子之流无言分辩，灰溜溜地退下了。阿悦怒火中烧，涨红了脸，和乳母一唱一和地向我细细讲述了狐狸精附体、狐仙的报复、狐狸化作人形等奇闻异事，还煞有介事地描述了传通院背后的泽藏稻荷神社是如何的灵验。我又想起了之前听人说过的银仙占卜的故事。我竟然想和田崎一起去降服那狐狸了，一半是受到他匹夫之勇的鼓舞，另一半则是出于对世间种种传闻的好奇，真的有那样神奇的东西吗？

不久我听到仆人的呼唤声，午饭已经做好了。此时田崎仍在庭院竹林、竹丛中四处搜索，胫骨已经被竹子、荆棘划破，血迹斑斑，头上、脸上爬满了蜘蛛网，然而却连狐狸的巢穴都没找到，空手而回。傍晚时分父亲回来后，紧接着来了一个叫作淀井的爷爷。这位爷爷几乎每晚都会来家里陪父亲小酌一杯，然后再一起下围棋，也会给我画当时的铁道马车，有时又会跟母亲提起海老藏和田之助。他经常待到深夜，女用人甚至都因此落泪。他是父亲官公厅的下属，是父亲的属官，也在暗中做着放贷的勾当。父亲由淀井作陪，田崎在前面提着灯笼，深夜的庭院沐浴在此起彼伏的虫鸣声中，就这样他们在院子里又巡视了一次。那一夜，我生平第一次知道秋天的夜晚是如何的冷清、如何的清澈、如何的冷冽。

半夜里，母亲笃信自己听到了狐仙的啼哭声，绝非梦境。

自此之后，只要夜幕降临，无论有何等大事家中的女用人都绝不肯踏出家门一步。煮饭的阿悦向来忠心耿耿，他坚信这是家宅不祥的凶兆，于是在黎明之时以井水沐浴，默念不动明王，也因此染了风寒。田崎听说之后马上向父亲告密，最终阿悦只落得一顿严厉的指责，父亲大骂，就算犯傻也要适可而止，实在是可怜至极。乳母与母亲经过一番商量，做了一个不痛不痒的决定。我们从经常光顾的鱼店"五郎八"领养了一条狗，还会时常向坡下竹林扔下一些油炸豆腐。

天气日渐寒冷，父亲仍旧每天早起去庭院后方的古井旁练习大弓，但是他再也没有看到过狐狸。倒是有一次，一条不知道哪里来的瘦骨嶙峋的野狗偷吃油炸豆腐，被家犬撕咬，最后竟被咬断了耳朵。不知不觉间，整个大院似乎已经将狐仙忘到了九霄云外。众人也理所当然地开始放松了警惕，甚至开始觉得所谓狐仙可能不过是条野狗罢了。冬天悄悄来临了。

一天早上，父亲的咆哮声响彻了整个院落："这天儿都这么冷了，竟然还连一个能打扫火盆的人都没有。净是些浑蛋！"

门、障子、栏间①也在父亲淫威的震慑下咯吱作响。萧索的寒风掠过檐廊边的绿植，仿佛在向谁诉说着自己的凄凉，时断时续。出门上学前，母亲叮嘱我戴上围巾，说着便拉开了衣柜的抽屉。樟脑丸的气味瞬间弥漫在这空旷房间的冷冽空气里，

---

①栏间：日式房间内隔扇上部与顶棚之间的格窗，有通风采光及装饰的功能。

包裹着我们的身体。午后的阳光温暖了大地，乳母和母亲带我一起在檐廊里晒太阳，猛然发现如今庭院已经完全换了一副模样，大家慌慌张张搜寻狐狸的往事也恍如隔世一般。梅子树和梧桐树上空留下三三两两的枯枝，木芙蓉、胡枝子和秋草丛早已经枯萎，满目苍凉，冬日的暖阳包裹着整个庭院，透过干枯树梢之间的缝隙，仍然可望见当初那口曾经焚烧蛇虫、早已被深埋地下的枯井，就连坡下那片骇人的黑漆漆的杉树丛都依稀可见，甚至可以毫不费力地看到它们枝干顶端的模样。坡面上林立的松树林中有几棵枫树，曾经的红叶已经沾染了污垢变成了枯叶，簌簌地从枝头落下来。檐廊边的铺路石上放了几盆盆栽，偶有一两枚红叶挂在枝丫上，红得宛如鲜血一般夺目。父亲书房圆窗外的八角金盘叶子仍是如墨般翠绿，花朵如玉般温润雪白，洗手钵旁还可以看到南天竹的果实，薮莺的叫声不绝于耳，麻雀则在庭院附近的屋顶、檐下、窗前、檐廊处叽叽喳喳地叫着。

然而我并没有从初冬的庭院中感受到多少哀愁与寂寥。我也丝毫不认为它比阴沉的秋日更加可怕。我反而觉得地上铺满落叶之际，以双脚踩之，听着悦耳的响声徜徉在庭院之中不失为人生一大乐事。然而花匠安吉仍然如往年一般，穿着印有家徽的号坎，带着另外两个花匠来为松树和芭蕉防霜。自那以后不久，初霜降临，但是到午后就全部融化了，院子里也泥泞不

184

堪，无处落脚。

二

　　家犬不知何时隐去了踪影。有人说它已经被杀了，又有人说它是条忠犬，所以肯定是被人偷走了，一时间众说纷纭。我主张再养一条，但是父亲说家里如果有狗，到它发情的时候就会有野狗聚集而来，到那时树墙一定会遭殃，庭院也定不能幸免于难，最终决定不再养狗。很久以前，厨房边的水井旁搭着一个小小的鸡舍，每天放学回来我都会去给它们喂食，所以我原本就已经乐在其中，倒也无须再提一些无理要求了。那个冬天幸福而又宁静。不仅是女用人，全家都已经把令人不快的那只狐狸忘了个一干二净，没有刺耳的犬吠声，只能听到夜行人的脚步声，寒风撼动大树的声音，和传通院飘来的几声并不真切的钟声。灯光静静地洒在我和母亲以及乳母的身上，我们在温暖的被炉中反复地把玩着绘本和锦绘。父亲仍然是和常来的属官——淀井老人一起在里面的大厅，于曲曲折折的六扇屏风旁啪啪地下着围棋。父亲时常会拍拍手，呵斥仆人不及时添酒。母亲觉得不能全部交由女用人负责，于是即便在寒夜也会亲自去厨房。我幼小的内心早已开始憎恨父亲的无情。

185

转眼已经到了年末。坡下贫民窟中以制作灯笼骨架为生的一个维新前的下级官员自缢而死。五六个强盗闯入了不远处安藤坂上的典当行，杀死了一个十六岁的姑娘。传通院分寺遭到了贼人纵火。富坂上水户时代曾繁盛一时的一家餐馆经营不善，濒临破产。经常来家里按摩的久斋、鱼店的阿吉、工头清五郎每次来到厨房，都要谈论这些奇闻趣事，但是在我面前却未曾发表过任何感想。我心中只巴望着来年春天，父亲能对那不到新年绝不登门的官厅小吏勘三郎，也就是那个身上文有两条半九纹龙的人大发雷霆。我一直在想，正月里如果有风就好了。但不知何时开始，常来家里的蔬菜店伙计春公竟和家里的女用人阿玉私通了，某天深夜身背衣物，男女二人手牵着手，试图翻越后门处的板墙私奔，但是却被学徒田崎抓了个正着，于是阿玉被遣回住吉町的娘家。虽然我对这出闹剧的内情一无所知，却能感受到肯定是件不得了的大事。我看到阿玉泪流满面，被白发苍苍的老母亲牵着从后门离开了，她们的背影让我感受到了莫大的悲凉。自此之后我便对学徒田崎感到恐惧，或者说是憎恨，我内心坚定地认为这个家伙只顾取悦父亲，却对我们、对母亲坏事做尽。

整个正月我都在放风筝。周日不用去学校的时候我反而会比平时起得更早，只恨冬日白昼过于短暂。进了二月之后某天早上下了一场雪，然而此时的雪又有何用处呢？紧接着我听到厨房门口处响起了父亲粗犷而嘶哑的叫喊声，要知道他可从不会踏进厨房一步。田崎不停地在说着什么。我还听到了几乎每天早上都到附近来的车夫喜助的声音。乳母喊我换衣服，然而我哪里顾得上，循着人声飞快地跑了过去。看到母亲双手揣在怀里凭栏而立的背影，我悲喜交加，紧紧抓住母亲的袖子啜泣起来。

"真是个爱哭鬼。大清早的哭什么？"父亲厉声呵斥道。这时母亲却从怀里抽出一只手，轻轻地抚摸着我的头。

"狐狸又出现了。还把小宗最心爱的东西吃掉了。很可怕吧，乖。"

寒风呼啸而过，卷挟着纷纷扬扬的雪花涌进厨房。附着在屐齿上的雪花融化了大半，房间的泥质地面上早已经泥泞不堪。烧饭的阿悦、新来的用人、小丫鬟、乳母一干人等都因老爷的突然到访而战战兢兢，虽然已经在寒风中瑟瑟发抖，但也只得像固定在地板上的雕塑一般端坐在厨房里。

田崎早已为父亲准备好了高齿木屐，父亲穿上鞋子之后便将车夫喜助撑开的油纸伞接了过去，然后离开厨房门口，去井畔一带巡视去了。

"母亲，我也想去。"

"感冒了可就不得了了。不要去了。"

正巧那时后门处的矮门开了，"这雪可真是不怎么讨喜啊。"

工头清五郎头戴纳缝兜帽，身着半缠，手戴手背套，俨然一身消防服，他已经最先开始在镇子里进行雪天问候了。"啊，可了不得了。狐狸闯进您府上了吧。维新真是闹得人心惶惶。连稻荷神都没有人供奉了，就连油炸豆腐都找不到一个，所以才撞到您府上了吧。实在抱歉。你们赶紧勒死它。"

工头清五郎背着我来到鸡舍旁。

狐狸用前足把地上的积雪和沙砾踩得一片狼藉，很明显是在今早拂晓时分，它偷偷靠近院外积雪，在竹篱笆下方掘了个窟窿，悄悄溜了进来。竹篱笆内更是惨不忍睹，寒风吹落的白雪上散落了一地羽毛，滴滴鲜红的血液清晰可见。

"大人，真是抱歉。积雪上面有爪印。跟着爪印一直走，到篠田林那里就不见了。去年一年，啊，该不会是一直在府上的坡地里吧。"

正如清五郎所言，我们发现爪印从庭院一直延伸到坡地，然后在松树林处便消失无踪了。包括父亲在内，大家不约而同地发出了胜利的呐喊声，"太好了。"田崎和车夫喜助用铁锹将积雪铲去，去年我们挖地三尺都没有找到的狐狸洞穴，明晃晃地出现在了冬天依旧繁茂的白竹林荫中。是时候探讨一下如何驱狐了。

喜助说，如果把干辣椒点燃，那家伙肯定坚持不了多久就会从洞穴逃出来。待它逃出来后一举将其拿下。但是田崎却说

188

若叫它逃跑了就太可惜了，需要在洞口处设下陷阱，或者准备好火药。清五郎抱胸而立，这时却放下双臂，歪着头，抛出了一个难题。

"大伙，狐狸这种东西，可不止有一个洞穴。它肯定在某个地方挖了暗道。如果我们光顾着严守这个出口，让它在神不知鬼不觉中从小道溜走了，那可就太丢人了。"

大家都深以为然，陷入了沉思中。但是眼下大雪纷飞，要找到狐狸的暗穴简直是天方夜谭。众人已经开始在寒风中瑟瑟发抖，最终经过商议，一致决定只能先在已经发现的洞口处以硫黄烟熏，田崎手持家里早已备好的猎枪，父亲的大弓上搭好弓箭，喜助则手握扁担，工头清五郎准备好鹰嘴钩。恰好不久后花店的安吉扛着雪耙子赶来了，于是除扁担之外我们又多了一个武器。

父亲要去换衣服，所以先进屋去了。田崎赶去传通院前的药店购买硫黄和硝石。其余的人则用大碗喝着桶装酒，吵吵嚷嚷地做着准备工作。时间一刻不停地在流逝，等到洞口终于燃起硫黄时，已经接近中午了。我很想加入他们，一起目睹驱狐的场景，然而却被母亲厉声喝止，我只能像往常一样，和母亲、乳母围坐在房间内的被炉中，一遍又一遍地玩着绘本游戏。但是我却一直坐立不宁，心神不安。也就只是在十二点的时候，听到了咚的一声，是猎枪的声音。声音自遥远的内城而来，天气异常晴朗，然而我们却清晰地感受到客室的纸门在晃动，实在是骇人听闻。由此我们也不难想象，坡下捕杀狐狸的枪声是如何穿透耳膜、震慑灵魂的。家里的女人们也乱作一团，不知道是否有人被狐狸咬伤，也不知道狐狸是否在慌乱中闯了进来。有忙着念佛的，也有求签拜神的，但是母亲却吩咐她们和那些经常来家里的伙计一起准备请客用的酒水。

我时不时会到檐廊下察看情况，然而坡下已经完全归于平静，好像已经没有人了。空中还依稀飘荡着硫黄升腾起的烟雾，只听得不远处的树丛中积雪滑落枝头的声音，心头不禁生出一丝寂寥。天空昏暗而低沉，彩霞铺满远处的天空，仿佛挂在树木枝头的云朵一般。雪花还在飘飘扬扬地下着，地上也早已积了厚厚一层，庭院陷入广袤的朦胧之中，只比黄昏明亮一些罢了。待我和母亲二人吃过午饭后已经下午一点多了，我们等得已经有些不耐烦了，正当倦意袭来之际，突然听到一声惨叫。紧接着听到众人齐唱凯歌的声音。留在家里的人也都赶忙推开门向檐廊跑去。后来才听说，那畜生被硫黄熏得不轻，刚小心翼翼地将头探出洞口，说时迟那时快，早已守在洞口的清五郎手起钩落，没想到歪打正着，正好死死钩住了狐狸的眉心，那家伙立马倒地不起，一声惨叫后便一命呜呼了。父亲提着大弓走在队伍最前面，田崎和喜助二人将猎物四脚朝天地绑在扁担上挑着，清五郎和安吉紧随其后，他们踏着积雪，一步一步向坡地上方走来，当他们出现在我眼前时，我猛然想到了在绘本上看到过的忠臣藏的队伍，我被他们的勇敢所深深折服。然而当他们走到我们近前时，学徒田崎还是一如既往地夹杂着汉语词汇说道，"少爷，果然如此。天网恢恢，疏而不漏"。我看了一眼那狐狸，被鹰嘴钩勾中的头盖骨和紧闭的獠牙之间还存留着黏稠的血液，正一滴一滴地滴落在雪地上。我慌忙将脸埋进了母亲柔软的衣服里。

午后家中大摆筵席，但是正逢大雪连天，鱼店没有办法送来酒席，所以父亲决定将家里的鸡杀掉，来犒劳这些常来家里的伙计。那天可以说是举家欢庆，他们从狐狸曾经潜入的鸡舍里抓了两只鸡杀掉了。那是两只母鸡，一只黑色的，另一只有白色花纹。这两只鸡在去年秋天的时候身上还满是金黄色的羽毛，啾啾地叫着，我每天放学回家的时候，都会喂它们饲料或者蔬菜，甚得我欢心，如今已经长成了肥硕的母鸡。唉，伴随着一声悲鸣，这两只鸡都被田崎扭断了脖子，被喜助拔去了羽毛，被安吉剖开了肚子，取出了肚肠。那些喝酒的人们舔舐着嘴唇，满面红光，他们的宴会一直持续到了深夜，在我眼中，他们和绘本上看到的鬼魅没什么两样。

那晚辗转反侧之际我思绪万千。那些人为什么如此地憎恨狐狸呢？因为狐狸杀死了鸡，所以人们要杀掉狐狸，杀死狐狸之后，却又杀掉了两只鸡。

哎，屠格涅夫看过了蛇与蛙的斗争，幼小的心灵中开始对神明的慈悲之心产生怀疑。我多少读过一些书，但是我之所以开始对人世间所说的因果报应、惩罚之内涵产生怀疑，或许是缘于过去驱狐的经历。也许正是这些留存在我脑海中的纪念在不知不觉中成了最大的症结。

积雪消融

兼太郎睁开眼，从油光发亮的和尚枕上抬起花白的头，一脸疑惑地听着那阵将自己吵醒的滴答声。

　　他的枕边是一扇外凸的小窗，阳光照到毛玻璃上，却被防雨板所阻挡，最终只能艰难地穿过缝隙在地上投下细长的光线。这么看来，方才的滴答声定不是雨水的声音了。虽然昨日午后突降暴雪，到了夜里更是大有遮天掩月之势，不过从屋外的明媚阳光就不难猜到，昨夜的暴风雪大概已经偃旗息鼓许久了，而且，这会儿大概快到中午了。正月底恰逢大寒时节，阳光照进兼太郎租住的这间朝西的二楼小屋时，总能闻到邻居家烤鱼的香味，有时是鲑鱼，有时是其他鱼干。自从去年这个时候租进来起，兼太郎就总喜欢无所事事地待在阳光下发呆，所以即便不看钟表也能猜出大致的时间。果然是光阴似箭，日月如梭啊，一想到这个，兼太郎就会忍不住回忆起五年前的那个悲惨事件——激烈的股市动荡让许多人失去了安身立命之所，他也不能幸免。一夜之间，他从锦衣玉食，腰缠万贯的富家老爷变成了身无分文的流浪汉，妻子一怒之下便离家出走了，小妾也无情地将自己拒之门外。他怎么也想不到，年近五十了还要委身于这么一间狭窄的出租屋中。兼太郎原是一个玩具杂货出口批发商，他的店就开在浅草瓦町通行电车的大街上，可事到如今他已沦落成一个打杂的跑腿了，他的老板是一个专门通过打电话来买卖房产的人，也就是所谓的房地产老板。他昨天就顶着暴风雪到处跑，就连仅剩的一双木屐的底部齿都被折断了，袜子全湿，大概现在也还没干，这么一想，兼太郎连被窝都不想出了，反正自己也是个得过且过之人，又何必过得那么辛苦呢，今天干脆躺一天得了。这位房地产老板是他在瓦町开店时雇过的一个伙计，有这层关系在，想来即便自己歇个一两天，这位小老板也不会对自己过去的老板多加谴责，更不会解雇自己的……

卖豆腐的小贩吹着笛子走过，草鞋踩在厚厚的积雪上，发出扑哧扑哧的声音。不用开窗，兼太郎也知道雪已经开始慢慢融化了。幸好今天醒得晚——他暗暗庆幸道。砰——突然一声巨响传来，整个屋子都跟着震了三下，显然，这是隔壁屋顶的积雪滑落到兼太郎这间二楼小屋的房檐上了。紧接着，后面的屋顶上又传来一阵哗啦啦的声音，毫无疑问，准是谁家的晾衣竿又倒了。看样子这个懒觉是睡不成了，兼太郎无奈地吸着鼻涕爬起来，打开套窗一看，拥挤的巷子中，每家每户的屋顶上都堆满了积雪，在灿烂的阳光下闪闪发光，很是刺眼，他只得暂时闭上双眼站在窗边适应一下。一个女人的声音从楼下传来："田岛先生，是我们的晾衣竿倒了吗？"

兼太郎打开窗户后，阳光从二楼照进，也会照亮原本阴暗的楼梯，这就是房东太太立刻知道兼太郎已经醒了的原因。

"应该不是吧。"兼太郎随口答道，比起晾衣竿，他更在意客厅里的火盆里是否还有火。

"田岛先生，已经中午了哦！"

房东太太说着就走上二楼，尽头处有一间二米宽的木板房，乍一看还以为是过道。她粗暴地试图推开与阁楼相连的那扇玻璃门，却怎么也打不开，连玻璃都被震得砰砰作响。这幢老房子本来已经七零八落了，门外又有积雪堵着，就更难打开了。

通往露台的走廊上堆着兼太郎的木炭、煤球箱、水桶和洗脸盆。

"哎呀，田岛先生，你这儿的木炭和煤球都湿了呀，昨晚该放好的。"

房东太太把晾衣竿收好后，就地捡起一块抹布擦了擦满是皲裂的脚底，然后一把推开拉门探进头来。她今年三十二三岁，长着一张扁平的脸，眉毛很淡，眼角下垂，微微耸起的肩膀让她看起来比旁人健壮几分。据说她曾经在新富町的一家艺伎屋做了很多年的女招待，所以现在也总是喜欢穿一身棉织条纹衣服，双层套领上还印着店名，再系一条印着"泽泻屋"的新领巾，一丝不苟的圆发髻上绑着藤色的发结。怎么看都不像是个深巷里的普通妇女。在待合①老板的介绍下，她嫁给了新富座一家剧场的服务生长吉，婚后便搬进筑地二丁目本愿寺旁的这条巷子里居住，已经结婚五年了，不过还没有孩子。

"老板娘，我今天不上班了，现在出门去澡堂暖暖身子。"兼太郎踩着被褥探身取下挂在柱子上的手巾，又接着说，"老板去剧场了吧？我也过去看场戏好了。"

"今天的戏是播磨屋的六藏卿，听说很精彩呢。"

"您也还没看过啊？"

"这不是过年吗，又是拜年又是整理屋子的，可忙死我这个家庭主妇了。"女房东取下挂在脖子上的手巾包好头发后，帮兼太郎叠起了被子。

"您放心去吧。我会好好打扫的。对了田岛先生，我把牛奶放在火盆边上忘了拿上来了。"

"没事，今天不喝牛奶了。啊，太阳虽然出来了，这天儿可一点儿都不暖和啊。"兼太郎叼着根牙签，穿着睡衣就推门出去了。

①待合，为艺伎和客人提供娱乐和饮食的场合。

198

巷子里的积雪大都被清理到路旁的阴沟板上去了，清理干净后的地面并不宽敞，只能勉强容得一辆人力车通过，积雪消融后，两侧如孪生兄弟般雷同的房子屋檐上不时落下水滴，刺溜地钻进路上行人的脖子里。兼太郎也担心屋檐上的积雪突然掉落，便准备蜷缩身子在屋檐下走。他用手巾遮挡着头，趿着唯一的那双断了齿的木屐走上大街。街对面是条一望无际的长围墙，绵延百余米。眼前的墙根处长着一棵枝繁叶茂的老柯树，那里曾住着一个富户，只是不知为何已是人去楼空。这一带开满了各种小商店，只有两家新开的自行车店是兼太郎不曾见过的。两侧分布着许多诸如澡堂、荞麦面馆、专门为客人提供外卖服务的饭馆和酒馆的小店，显得很是杂乱，路的尽头是一个十字路口，可以通往备前桥，站在那里也可眺望本愿寺的高墙与火警瞭望塔，本愿寺大殿的屋顶是看不到的，因为正好被一户商店的屋檐给挡住了。区政府的雇工正在努力铲雪装车，接着运到河边倒进河里，附近的狗不停地吠着，却又不敢靠近一步。粗电线杆旁站着两个巨大的雪人，也不知是哪个淘气鬼干的，汽车司机和铁匠正在开心地打着雪仗，看那架势，不知道的还以为是在打棒球呢。

兼太郎从逼仄的小巷走到宽敞的大路上，顿时有了一种柳暗花明，豁然开朗的感觉，这条街其实并没有什么特别之处，只是和小巷一对比，就显得格外明亮宽阔了。他常想，自己自打出生起就不是住在巷子里的下等人，所以有生之年一定要迁出小巷，回到大路去。洗完澡，打开玻璃门付费时，他的这种念头变得更加强烈了。

筑地一带向来是修建妾宅的热门之地，于是这里也有了"妾新道"的别名。即便是正经的良家妇女，但凡年轻貌美，头上又系根红色的发带，就会被人误认为是哪个富家老爷的妾室。账台对面的女澡堂门口，站着一个正在脱和服的小个子女人，看起来年纪不小了，不过怎么看怎么像是一个妾室。兼太郎不由得想起自己曾经养在代地河岸的妾室阿泽。大正三年的那个夏天，第一次世界大战拉开了序幕，兼太郎的玩具杂货出口业务大受打击，为了弥补亏空，他看准低点买了些股票，很快就赚了一笔钱。谁知这阵突如其来的财运竟为他后面的破产埋下了伏笔。那以后的四五年间，日本社会高度繁荣，诞生出许多富翁，对日和约签订后，一路下滑的股票瞬间疯涨，不久后又暴跌不止。兼太郎一夜之间赔光了所有家当，将包括祖宅在内的所有家当都变卖一空，然后带着妻儿去了岳家。一直养在代地河岸的妾室阿泽也只得重操旧业，做回了艺伎泽次。所幸当年购买妾宅时，登记的是阿泽的名字。兼太郎与阿泽商议后，决定卖掉宅子，以阿泽的名义开一家艺伎馆，或许能重回巅峰。兼太郎不顾妻子与年仅十三岁的女儿和八岁的儿子，整日整日地待在阿泽的艺伎馆里。他的岳家经营着一家五金批发店，资产颇为雄厚，一看兼太郎如此不可救药，便决定接回女儿和两个孙儿，让女儿阿静离婚再嫁他人。

不过自从他被赶出岳家开始，泽次艺伎屋对他的态度也冷淡了许多。刚开始时，泽次说得还是很冠冕堂皇——若是因为老爷一时不幸就忘恩负义离开您，那我以后还怎么见人啊，这么多年都是老爷照顾我，现在到了我报答老爷的时候了。可是一两年后，她就公然在茶馆里住下接客了，甚至还曾跟着客人去箱根旅游。兼太郎一直忍气吞声，但还是意识到就连自己曾经的玩物都已经开始嫌弃自己了，虽也沮丧，不过还是在前年的秋天搬离了阿泽艺伎屋。不知是否出于怜悯，泽次将变卖妾宅所得的三千日元悉数给了兼太郎。自那以后，兼太郎就过上了漂泊不定的日子，辗转租了几间房后又因各种原因不得不搬离，最后才来到如今位于筑地二丁目的这个剧场接待员家二楼。泽次虽然给了他三千日元，但早在米屋町时就花得没剩几个钱了，剩下的也不过勉强足够这一年的吃住开销罢了。

雪已经停了。这种雪后的晴日最是宜人，不过今天并非星期天，所以出门晒太阳的人也并不多。男澡堂里只有一位白胡老者在脱衣裳，看上去应该是个插花师傅。平时总站在账台边的老奶奶和小姑娘，今天也都不见踪影，胡乱堆成小山的木筹子旁散落着一些铜钱，大概是那位老师傅方才付的钱吧。兼太郎也往账台上丢了澡堂钱，正准备脱鞋进门，就听见女澡堂那边传来哗啦啦的一阵拉门声。

那是个穿着类似铭仙绸材质的白点彩条绸布羽织的姑娘，她的下巴颏向外凸出，脸型长得有些短，无论是穿着打扮还是长相，都没有什么吸引人的地方。兼太郎之所以会注意到这个姑娘，是因为那个只有十七八岁的妙龄少女竟然梳着一头这一带不常见的三七分发髻，这是近来流行在女演员中的一种发型。就在兼太郎看向她的时候，账台另一侧的姑娘正好也看向了兼太郎，本该付钱的手停在半空中，就这么呆呆地站在泥地上好一会儿，才深吸了一口气说："爸爸，好久不见。"接着便陷入了沉默。

"阿照，我差点认不出你了。"兼太郎越过账台伸长了脖子，仔仔细细地看了看女儿，幸亏这会儿澡堂里一个人也没有。

"爸爸什么时候搬来这一带的？"

"去年的这个时候。"

"那么您现在不住柳桥了吧。"

"阿照现在住哪儿？还在御徒町的外公家吗？"

阿照突然愣了一下，随即吞吞吐吐地回答："今天，那个，我是来附近的朋友家玩的。"

"哦……不过真没想到会在这儿遇见你。爸爸就住这附近，就是那个木炭店和自行车店中间那条小路，拐进去后的第三家，姓木村的，拐进去以后右边的第三家，记住了吗？一会儿你洗完澡就过来坐坐吧？"

就在这时，澡堂的门又被打开了，两个穿着西装趿着木屐的男人吹着流行曲调的口哨走了进来，看那身打扮应该是哪个出租车行的司机。兼太郎还在一脸期待地问着"好吗？好吗？"，脚下则依依不舍地慢慢挪到澡堂口脱掉木屐。阿照无奈，只好轻轻地点了点头答应，然后逃似的飞奔进澡堂，很快就消失在门口了。

从澡堂回来时，房东太太正在饭厅的长火盆上做着菜，看到推门而入的兼太郎后热情邀请道："田岛先生，想吃饭的话我再给您蒸。我煮了汤饭，里面有很多汤汁呢，要不要吃点？"

"哇，好多汤汁啊！"兼太郎就这么站在门口继续说着，"房东太太，你知道吗，我刚刚的经历就像言情小说里的情节一样。我见到了一直养在岳家的女儿，而且居然是在女澡堂门口。"

"哎呀，真的啊……"

"我妻子再婚的时候才三十出头，正是大好的年华。她不舍得抛弃孩子们离开，不过终究还是对我的失望占了上风，最后还是把儿女丢在娘家走了。算起来，我女儿今年也该有十八岁了。"

"她就在附近吗？让她过来坐坐吧。"

"洗完澡好像冷了许多，我去穿件衣服。我女儿方才答应我过来坐坐了，我得先去捯饬捯饬自己。"

兼太郎走上二楼，换好衣服后一脸期待地等着女儿阿照。可是午饭过后依旧没有听到楼下开门的声响。他叼着根敷岛香烟打开窗子，坐在窗边目不转睛地盯着巷口，甚至连口中的那根香烟都忘了点火，却依旧没能看到女儿的身影。哎，看来阿照对自己是没什么感情啊，不过这也怨不得那孩子，毕竟当年的自己的确没有尽到一个父亲应尽的责任，如今又怎么能奢望女儿不计前嫌地来看他呢？窗边还真是凉飕飕的，他用手背擦去鼻涕后缩回脑袋，关上了窗。不知从哪里传来了两声钟声，日头已经开始西斜，狭窄的小巷逐渐变得阴冷，二楼也昏暗了许多。在窗边坐了很久的兼太郎浑身冰凉，连忙走到火盆前拨了拨炭火，接着走到露台上取了点煤球回来。一进屋，他就闻到了空气中飘浮着烧鸡的香味。听说隔壁家住着一位年轻的医生，在木挽町的性病医院担任医师助理。这位医生去年年底刚结的婚，妻子是一位护士。这家人每每打扫二楼时，总会若无其事地把灰尘扫到自家门口，丝毫不觉得羞耻，惹得房东太太破口大骂："乡下人就是乡下人，一点素质也没有，穿上龙袍也不像太子。"兼太郎提着被积雪打湿的煤球，想想孑然一身的自己，再想想新婚燕尔、娇妻在畔，还能每周休息半天的这位医生，心中真是艳羡不已，忍不住站在露台上偷听了会儿墙脚。这时，正下方的厨房门口传来一个男人的声音。

"夫人，您在家吗？"兼太郎从露台的缝隙看去，那个男子上身穿着一件细条纹棉布裳，袖口向上折了两折，外面套着一件素色短羽织，没戴帽子，看着约莫四十来岁的年纪，脸上有着许多淡淡的痘印。

"伊三，你来啦，快进屋吧，路很不好走吧。"房东太太打开取水处的门，一只手搭上了男人的肩小声说道："今天二楼那位在家。"

"哦？是那个房客大叔吗？那我先回去吧。"

"别走啊，不要紧的，外头很冷吧。"

男人进屋后，房东太太迅速收好他的木屐，然后紧紧地关上了门。兼太郎认得伊三，他在新富町的艺伎馆里工作，负责管理乐器。房东太太在艺伎屋当女招待时，两个人似乎就暗度陈仓了。去年这段时间刚搬来的时候，兼太郎每天都无所事事地待在二楼，二人之间的那点首尾可瞒不过他的眼睛，虽然两人出门的时候还特意分开走，想要避开住在二楼的兼太郎。

兼太郎往被炉里加了些炭，打算钻进去睡个午觉。可是今天临近中午才睡醒的，现在精神头儿好得很，翻来覆去也没睡着。于是，他索性起身披上那件穿了多年的和服外套，打开门走了出去。不过他本就没有什么要紧事，自然也没有明确的目的地了，兼太郎想了想，决定去熟悉的八丁堀书场消磨一会儿时间。从书场出来后，他又在地藏桥的天妇罗店里喝了几杯酒，然后才沿着新富町的内河岸走回家。进入冬日后，天黑得特别快，兼太郎摸黑在积雪融化后的泥泞道路上冒着刺骨寒风哆哆嗦嗦地朝家走去。

兼太郎进门时发现一楼的房门大开，房东太太正背对着自己站在厨房里淘米，站在厨房门口便能一眼看清摆放着长火盆、柜子和供奉神灵的架子的八叠大的房间以及厕所内的情形。兼太郎暗笑，这还真是调朱傅粉。

"太太，我女儿终究还是没来对吧？"

"是的，我没见到她。"房东太太答道，可不知为何，她竟连头也没转过来看自己一下。

兼太郎不禁感到一阵失落，他无精打采地爬上二楼后，立刻就把外套脱了甩到被炉上，然后衣服也不脱就钻进了被窝。他的窗户正对着一个叫吉川的艺伎茶屋，里面的艺伎们此刻正在和客人们一起唱着"三千岁"。曲子传入他的耳中，若有似无的声音让他感到昏昏入睡。就在这时，楼下传来了"田岛先生，田岛先生"的喊声。

房东太太连忙热情地将来人迎接到楼梯口，宛如当年在茶馆里接客时候的样子，满脸堆笑地说道："您请上楼吧，他大概睡着了，所以没听见，田岛先生，田岛先生！"

兼太郎连忙惊醒，一蹦三尺高地跑到窗边："是阿照吗？快上来，快上来！"说罢便迅速下了楼。

阿照的脖子上挂着一条长长的羊毛围巾，从肩头一直垂到了膝盖处，手里抱着一个纸包站在门口的泥地上准备脱鞋。兼太郎连忙伸手接过女儿手里的东西。

"阿照，你可算来了！我还以为你不会来了呢。正好我也刚回来，快跟我一起上楼吧。"

"打扰了。"阿照向房东太太打了个招呼后，便跟着兼太郎一起上了二楼。

"阿照你看，爸爸现在就住这里。爸爸是不是变了很多？"兼太郎走到火盆旁拨了拨炭火，"外衣别脱，这儿冷，还是穿着吧。"

不过阿照还是转身脱了大衣和围巾，将它们随意堆放在这间六叠大的房间门口的纸拉门旁。

"本想再早点过来的，可是和朋友约好了去浅草，不好爽约。"阿照解释道。

"是吗？去那边看电影吗？"兼太郎把小型的长火盆往阿照那边稍微推了推。

"爸爸，这是我买给您的礼物，虽然都是些便宜的吃食。"

"什么？礼物！谢谢我的乖女儿。"兼太郎喜不自胜，迫不及待地把阿照放在火盆边的纸包拿到膝盖上打开来，只见里面装着几个罐头。

"爸爸，我记得您大概还是喜欢酒的，可惜浅草买不到什么好酒。"

"哪里，爸爸最喜欢这个了。"

兼太郎被女儿感动得热泪盈眶，只能不停地眨着眼睛不让眼泪往下流。阿照则依旧若无其事地四下环顾，看到壁龛上的二合瓶时，一脸得意地笑了起来："爸爸，您果然还是要喝一杯才睡得着对吧？"

"啊，哈哈哈哈，看看你这火眼金睛都发现了什么。昨晚下雪，我回来时拐到酒馆里喝了一杯，我都说不要了，可对方又送了一瓶过来，我就干脆揣在怀里带了回来。"

"爸爸，今晚还没喝吧？正好，我给您倒上一杯！"酒瓶放得不远，阿照一伸手就拿到了，她把酒瓶放到长火盆里的铜壶上方，向兼太郎问道："可以放在这个壶里热吗？"

兼太郎连忙小鸡啄米似的不住点头，他开心得说不出话来，噙着泪水的眼睛一直看着女儿，一刻也不忍挪开。阿照娴熟地将酒瓶放入铜壶中。

其实，中午在澡堂的账台处遇见阿照时，就想问问她这几年过得如何了。可转念一想，自己从前在瓦町开店的时候，基本就没怎么管过孩子，全是由妻子阿静一手操持，而自己和孩子们一年到头也见不上几面。自己起床时，女儿已经出门上学了，等女儿放学回来，自己又出门了，就连晚饭也几乎是在姜宅里吃的，不到十二点决不回家。如今看到"初长成"的女儿，他突然感到了深深的自责，自己从来就没有尽到一个做父亲的职责。与此同时，他也不免开始担心女儿心中对自己是否有怨恨，这么一想，差点脱口而出的问题又被兼太郎咽了回去，他实在无颜问出口。

那段时间，兼太郎觉得自己那个天生愚钝、身材肥硕的妻子真是令自己倒足了胃口，最难以忍受的就是她的狐臭了，简直可以用臭气熏天来形容。就这样，兼太郎在厌恶妻子的同时，对两个孩子自然也就不那么上心了。那阵子，就连去花街柳巷中点的艺伎也尽是些旁人觉得"骨瘦如柴"的瘦小女子。除了在旅笼町买下姜宅安置的泽次之外，他每个月也都会去日本桥和浅草找一些艺伎作陪，而这些艺伎也无一不是身材瘦小的女子。但凡那些身材高大的女人，即便长得闭月羞花，丰乳肥臀，也不会让兼太郎多看上一眼。他常常开玩笑地说："小个子女人要是搁在过去，那就是大篱①的花魁啊，至于现在嘛，那就是当女明星的料子啊。而那些人高马大的女人啊，就像长得过大的金枪鱼，让人觉得寡淡无味。"虽然兼太郎体格健壮，可是个头儿却是个硬伤，所以每每当他看到比自己还要高大的妻子阿静头上顶着的那个大大的圆发髻，就有种女强男弱的压迫感。

兼太郎不禁想起了过去的那些事，回过神来仔细看了看女儿，发现她的长相随母亲，而身材却随了自己，看起来还算苗条，想着想着，他又突然想到一个奇怪的问题：她有没有遗传到

①大篱，江户吉原娼家中的最高级别。

209

母亲的狐臭呢？正想凑近闻闻看呢，突然飘来了一阵烤年糕的香味，不用说，定是从楼下的房东太太屋里飘来的。这阵浓香掩盖了屋内所有的气味，也阻碍了他的狐臭确认计划。

阿照并未察觉到父亲兼太郎的异样，只是专心致志地盯着烫酒的水壶，不过年糕的香味还是没能逃过她的鼻子。"爸爸平时吃饭怎么办？是在下面和房东一起吃吗？"

"在家的时候就下去吃。不过我每天都得去桶町工作的，所以中午一般吃便当，下班时就拐到花村或是哪里喝点酒。"

"爸爸，原来您现在有工作啊？"

"唉，混口饭吃罢了。那时候你还小，大概不记得了，我们原来开在瓦町的店里有个皮肤特别黑的胖子，名叫桑崎，他现在可是发达了，在桶町那一带租了一间很大的门面，我现在就在他那儿工作。"

"您说那个桑崎啊？我记得的，好像不是本地人对吧。最近咱们这边多了很多外地人，而且一个个都发了大财。"

"爸爸也不能再这么下去了。御徒町那位大叔也不是东京人。"

兼太郎一看火候差不多了，便盘算着趁机问问阿照姐弟俩的情况。"阿照，你母亲再嫁时怎么没把你们带过去呢？是男方那边不同意带孩子吗？"

"这倒没有……"阿照似乎躲避兼太郎紧追不舍的目光般，

始终低着头，"爸爸，酒应该已经够热了，您要倒在杯子里吗？"

她用指尖提起酒瓶，任由瓶身带出的水滴滴进炭灰里。

"阿照，你什么时候学会烫酒的？"

"我也不是小孩子啦，这点事有什么困难的。"她把酒瓶放在火盆旁的木板上接着说，"爸爸，酒杯在哪儿？"

被女儿这么一打岔，兼太郎也不好再揪着那个问题不放，只得起身从茶具架上取来刚刚从夜市上买来的酒杯。

"你要不要也来一杯？烫酒都那么娴熟，喝一杯应该不成问题吧？"

"我很能喝的哦。"阿照拿起酒瓶给父亲斟了一杯。

"阿照，我今天太开心了，居然能遇见你。"他仰头一饮而尽后接着说道，"你陪爸爸喝两杯吧，要是酒量不行就抿两口。"

"嗯，没事，我陪您喝几杯。"

兼太郎给阿照倒了一杯酒，不过担心女儿酒量不行，便只倒了七分满。谁知阿照接过后便一饮而尽，还在火盆旁擦干酒杯上的酒渍后才放下，动作之熟稔令兼太郎目瞪口呆，便一脸狐疑地一直盯着阿照的脸。

"爸爸，你干吗一直盯着人家看啊。我又不是个小孩子。"

"阿照，你母亲出嫁后，你见过她吗？"

"没有，我听说她不住在东京，而是在大阪开了间小店。"

"角太郎还好吗？你都十八了，他也该有十三了吧？"

211

"阿角现在还住在御徒町外公家里。毕竟是个男孩子呀！"

"女孩子就不重要了吗？"

"那倒不是。其实是我不好，因为我不听外公的话。"

"那你乖乖跟外公认个错不就好了吗？认错都不行吗？"

"这次不一样的，唉，不过我暂时是不打算回去的，还是住在外面自由。"

"这次不一样？这次怎么了？"

"这种事不用我说您也猜得到吧？爸爸您怎么一点也不像个见惯风月场的人啊？"

"啊，明白了！嗯……不过，也没全明白。阿照，你不用觉得不好意思，有什么话大可直接告诉爸爸。说到这一点，爸爸真是羞愧。不过你想想，要是你现在还住在御徒町的外公家，我即便碰到你，也不会像现在这样和你坐下来谈心的。我狠心抛弃了你们，结果自己也沦为艺伎的垫脚石，这都是报应啊。不过正因如此，今天我们才能坐在这里好好说话。"

"这倒也是。即便我依旧不住在御徒町的外公家里，可只要爸爸还住在柳桥，我就不能随意过去找您。不过话说回来，您是为什么要离开柳桥呢？"

"不是离开，是被她赶出来了！好了，过去的事就不提了。阿照，你怎么会来这附近的澡堂洗澡，是住附近吗？现在过得怎么样？嫁人了吗？"

"哈哈哈哈，爸爸，我才十八呀！哪儿有这么快嫁人的。"

"十八岁可是成年人了，怎么就不能嫁人了？你刚刚不也还说自己已经不是个孩子了？"

"嗯，不过我确实吃了很多苦。"

"刚刚爸爸看你烫酒倒酒那么娴熟，就知道你肯定经历了很多，你一定跟爸爸一样聪明。哈哈哈哈哈，让爸爸猜一猜啊。茶馆的女仆吗？不对，你的发型和衣着都比她们更时髦些，那就是咖啡馆或者酒馆了，对吧？你别光笑啊，快告诉爸爸。"

"爸爸真聪明！"

"我猜是咖啡馆吧？我的直觉！不过这附近没什么像样的咖啡馆啊，你在哪里上班？"

"前一段时间在人形町那边的都城酒吧，现在辞职了。我在日比谷的时候认识了一个很说得来话的姐姐，前一段时间她嫁人了，夫家就在前头的一丁目^①那边，所以我来玩两三天。啊，玩够了，是时候重新找个工作了。"

"我听人说咖啡馆工资很高呢，一个月能挣多少？"

"嗯，刚开始的时候大概一个月三四十日元吧。我在银座那段时间，一般都能挣到一百多日元呢，毕竟是个寸土寸金的好地方。不过那儿工作也忙，还得花钱做好衣裳，所以算下来倒也差不多。"

①此处疑为作者笔误。——译者注

213

"哇，这收入真不错，到底还是女人好赚钱啊。你看爸爸每天跑断了腿，你猜一个月能挣多少？才八十日元！拿出二十日元交了房租，在外面吃饭也要花不少钱呢，要能省下来，至少也有个三十日元。"

"所以要是节省点，应该也能攒下不少钱的。我们小姐妹中，有些人甚至攒了五六百日元呢，我也试过，不过攒不下来，后来索性就放开了花，有多少花多少，跟小姐妹去看看电影看戏，基本就用光了。"

"那你会跟客人出去吗？咖啡馆的女招待应该也和茶馆、酒馆之类的一样吧？会碰到一些愿意花钱的富豪老爷。"

"每个人的情况都不一样，有的人会出去，当然也有不愿意出去的人。爸爸，酒剩的不多了。"

阿照将酒瓶整个翻转过来，把最后的一点酒都倒进兼太郎的杯子里后说道："几点了？我差不多该回去了。这两三天找到新工作了再告诉您。"

"还早呢，那个九点的打更人都还没来呢！"

"今晚我得把衬衣的领子熨好，还得收拾收拾，明晚我再来陪您聊天吧，顺便带点酒和吃食过来。"阿照说着站起身，"爸爸，这儿的厕所在哪儿呀？"

第二天晚上。阿照如约而至，手里提着一包用白木屋包袱皮裹着的银座甘栗。拐进小巷子前，她在附近酒馆买了四合瓶的银釜正宗酒，让小伙计帮忙送到兼太郎的住处。进门后，她将甘栗递给了楼下的房东太太以示感谢。房东太太笑靥如花，对阿照也变得更加热情了。阿照拿着水壶下楼打水时，房东太太连忙贴了上来，差点就要扯住她的衣袖了。

"阿照呀，你要烫酒的话，用我这只火盆吧。铜壶装不了太多水，不然很容易沸出来的。你也不用客气的，我家那口子十一点前肯定是回不来的，你就安心待在这里陪你父亲多聊会儿。田岛先生，您说是吧！"她扭头对着跟在阿照身后的兼太郎说道。见房东太太如此热情邀请，父女俩也不好拂了她的美意，只好在楼下长火盆边坐了下来。

房东太太和阿照咔哧咔哧地吃起了烤得香脆的年糕片，又美滋滋地倒上酒就着甘栗喝了起来。兼太郎不知不觉就喝高了，对着女儿说："阿照，你要不是我女儿，而是我情人，我肯定会为了你而痴狂的，什么钱财生命，为了你，我都能放弃。从前不是有个叫阿丹的官差吗？哈哈哈哈。"

"嗯？阿丹是谁？"

"阿丹就是唐琴屋的丹次郎嘛。你不知道？现在的孩子啊，真是见识短浅。你问问房东太太吧，啊，要是太太也不知道可怎么是好啊哈哈哈。"

"哎呀，我还真不知道呢。啊，我想起来了，大家不都把好酒之人称为丹次郎吗？所以酒后满脸通红的样子就被戏称为丹印了。"

"啊，我服了，哈哈哈哈。甘拜下风，自叹不如，哈哈哈哈。"

"爸爸，你可真是喝多了。"

"喝酒也要适量的，不然容易耽误事，哈哈哈哈。今晚我真是喝多了。"

"还是喝酒好，一壶浊酒烦恼消啊。"

"老话说的好，酒如玉帚扫千愁。无酒的我就像是凋谢的樱花，有酒万事足啊，什么钱啊，老婆啊，有没有都无所谓的。"

"话虽如此，可是单身总是诸多不便的，您也不能一直一个人过吧。"

"这也不是我一个人能决定的事儿啊。好了阿照，别说这件事了，今晚好不容易才让我有种过年的感觉，爸爸给你弹首三味线吧，这可不是跟着留声机学的半吊子水平哦。"

说话间房东回来了，他穿着一件绣着演员标志的机织条纹布外褂，土气的长相和毫无气质可言的举止做派，丝毫看不出是个在电影院里工作之人，倒像是个花匠之类的手艺人。年纪大概与他夫人相仿，左眼不停地眨着，眼黑部分比常人都大，狭窄的额头上有两道很深的皱纹。房东太太见他回来了，便扭头介绍道："喂，这是田岛先生的女儿！还给我们带了礼物呢！"语气随意，仿佛是在对弟弟说话一般。

"是嘛，谢谢了。"说罢便独自走到角落处坐下，从耳朵上取下剩下半支的飞艇牌香烟，只是捏在手里，并没有接着吸，大概是因为够不到火盆吧。

"您那边工作忙吗？每天都有很多客人吧。"兼太郎晃晃悠悠地走了过去，"我敬您一杯吧，今年这天啊，可真是冷得出奇。"

"谢谢。不过我喝不了……"老实的剧场接待员连忙又把纸烟夹到耳朵上，看起来有些不知所措。

"田岛先生，他是一点都喝不了的！就连酒糟腌的甜酱菜他都吃不了。"

"哎呀，我倒没听您提起过。不过不喝酒就不会乱性，喝酒容易犯错的。我说太太，您可真有福，能找到这么好的丈夫。"

房东太太并未作答，只是起身去了厨房准备饭菜。

深夜的巷子里鸦雀无声，只有对面一个名叫吉川的小酒馆里热闹非凡，坐在屋里都能听到那边的电话铃声和催促酒菜的的叫嚷声。

"爸爸，明天开始我就回到日比谷的那家咖啡馆工作了。您要是哪天路过那里就进来坐坐，我请客。"阿照重新插好发卡后，将手帕放回了袖筒中。

尽管兼太郎已经喝到晕晕乎乎，但看到女儿要回去依旧感到了一阵落寞："天这么冷，多注意点身体。今晚也在一丁目的那个朋友家住吗？"

"我还在犹豫呢。本来想现在就去日比谷，因为今天下午就已经说好了，而且我对那儿也熟。"

"今天过去？太晚了吧？"

"才刚十二点，外头还有电车的。日比谷的酒吧没这么快关门的，夏天还经常通宵营业呢。"

房东夫妇和兼太郎一起将阿照送到门口。阿照拉开门望了望天空，不禁感叹道："哇，今晚的月色真美！"

密密麻麻紧挨着的屋顶上还残留着前天的积雪，清冷的月光也就显得格外炫目。

"哦，是挺不错的，而且还没有风。"站在门口的兼太郎望着门外的景色附和道。女儿出来后，他也不由自主地跟了出来。他总会在睡前出门去巷子里解手，那比去厨房边上的厕所方便很多。

阿照先走了两三步，又像是突然想起了什么似的回头看了看兼太郎问道："爸爸，那个房东是个剧场接待员？怎么一点儿都不像啊？"

"他平时不大爱说话，嗯……性格有点古怪。我在他家住了也有一年多了，说起来还真没跟他好好说过一次话。"

"我总觉得一点也没有当家人的威严，看起来挺可怜的。"

父女二人一边说着一边走出小巷，对面的中国面馆的围墙外放着很多货物，除了接送艺伎的汽车外，街上几乎看不到来往的行人，只有一些正站在门外等车的人。澡堂里传来哗啦啦的水声，跟下大雨似的，大概是正在放水吧。路边阴沟里不断有热气飘散而出，在清冷寂静的月光下缥缈如白烟般缠绕着屋檐。

"今晚真是喝多了。我就只送你到那边吧。"

"爸爸，喝醉了走路很危险的！别送了。"

"不要紧的，知道自己醉了就说明醉得不厉害。"

"爸爸，我总感觉房东太太并不爱她的丈夫！"

"嗯？你怎么又想起他们俩了。"

"大概这就是和不爱的人一起生活的样子吧。要是讨厌对方，还是分手的好。"

"你也长大了，是时候明白情人与夫妻的区别了，越是相爱，就越可能会因为任性而伤害到对方，往往也就很难修成正果，你以后就会明白了。"

"爸爸，我在银座工作时认识了一个男人，一直到现在他都坚持天天给我写信，对我也是有求必应，还给我买了很多礼物。"

"是嘛，是年轻人吗？"

"二十五岁，庆应大学毕业的。之前带我去算过一次命，那个算命先生说我们中间会有一次波折，不过最终还是能走到一起。"

"家境好吗？"

"挺不错的，他父亲是一家银行的总经理。"

"那可真算的上是个富家公子了。只是那么好的家境，他的父母可能不会同意你们在一起吧。"

"所以我们才去算命的呀。而且我们说好了，要是他家里坚持反对，我们就私奔。爸爸，要真到了那一天，我们就来找您，您帮帮我们吧，好吗？"

兼太郎一时语塞，只好咳了一声敷衍过去。不知不觉间，二人已经走到十字路口的酒馆门口了，拐个弯就是通往电车站的笔直大路。

"爸爸，您也不用太担心，我不是那种做事冲动的人。只要在咖啡馆里工作，我们就能见面，没有人可以阻碍我们。其实认真想想，这么过一辈子或许才是最好的。"

"阿照，你是不是生气了？"兼太郎一脸担忧，正准备偷偷瞄一眼阿照的脸，就看见一个穿着西装的男人急匆匆地从电车站方向跑了过来，迎面走来时认出了阿照道："阿照，你怎么在这儿，不是说今晚去日比谷的吗？我刚刚去那儿找你了！"

"我正准备去呢。"阿照一见他，连忙迎了上去，边跑边回过头对着兼太郎说，"爸爸，我先走了，您快回去吧。替我谢谢房东太太！"

兼太郎犹如丈二和尚摸不着头脑，只能站在原地呆呆地看着清辉下挽手并行的这对小情侣，还有地下渐行渐远的一双黑影。

不知为何，兼太郎的脑子里突然冒出自己让柳桥的泽次去接待其他男人的情景，想起了自己站在柳桥上目送泽次跟着其他男人越走越远时的情景，也想起了自己离开妾宅时的落寞。就连他自己也不明白，为什么会在现在突然想起那些往事来。

阿照和泽次当然完全不同，也不可能相同。阿照是被荒唐的父亲抛弃，且受到错误观念影响而提早进入社会的单身姑娘。可泽次则不同，她是自己宁愿抛妻弃子也要与之相伴的女人，却在自己最危难的时刻踢开自己。两人无论性质还是品德皆不可同日而语，可是自己形单影只地站在清冷的月光下，目送前方一对男女离去时的孤寂心情却是那么的相似。

那么，阿照为什么一点都不怨恨自己呢？还带了酒菜来陪自己说话，真是越想越觉得难以理解。就连阿照都愿意不计前嫌，对自己温柔以待，那自己曾经尽心以待的泽次又为何能忍心把自己驱逐出门呢？

方才出门时兼太郎没戴帽子，冷风一吹，酒很快就醒了。末班电车从眼前呼啸而过后，兼太郎便也回了小巷子。打开门便能听见伴随房东鼾声传来的房东太太开关橱门的声音。兼太郎关上大门爬上二楼，回到自己的小屋里。喝了几口早已凉透的水后，抽出被褥便躺了下去。

巷子外响起了汽车马达的声音，想必是对面那间艺伎茶屋里的男客们纷纷踏上了归程。

大正十一年一月——二月稿

睡颜

龙子在六岁时便失去了父亲，如今即便是看照片，也无法再清晰地忆起他老人家的那张脸了。今年龙子就要满十七岁了。一直以来，龙子和母亲相依为命，两个人如姐妹一般，同住在小石川茗荷谷一个有着干净小巧土窑仓库的房子里。母亲京子虽然年长女儿十八个年头，但因为头发乌黑、皮肤白净，身材也比女儿矮了几分，所以经常被人误以为是亲姐妹。

　　即便时至今日，龙子已经十七岁了，她还是和儿时吃奶时一样，夜里依旧和母亲一同睡在土窑仓库隔壁八叠大的房间里。不管是练习琴筝、三味线，还是学习插花、茶道，龙子都是常年和母亲一起完成。每逢看戏或逛庙会，两个人也肯定是结伴同去，就连小说或杂志，两人也都是看同一本。甚至龙子在准备学业课程的复习考试时，母亲也都会从旁帮忙整理资料。随着年龄慢慢增长，龙子自己也经常将母亲当作姐妹或朋友。

但自从十三岁时起，不知道为什么，龙子总是会想："如果没有我的话，可能母亲就不会这么一直寂寞孤独地在父亲去世的房子里住到今天了。外祖母曾在我八岁时离世，如果没有我的话，可能母亲早就搬回娘家住了吧。这么些年，母亲之所以留在这里，全都是因为有了我啊。"每次想到这些，龙子便特别感谢母亲对自己的养育之恩，但与此同时，不知为何又觉得母亲十分可怜，不禁经常为此垂泪。自那以后，龙子不单觉得母亲和自己的身世孤苦，就连看家里摆放的日常家具乃至庭院里栽种的花草树木，都觉得无比寂寥与落寞。

家里除了有诸如衣柜、火盆、屏风、书架等这些自打龙子出生以来便早就存在的日常家具外，还有品茗会、缝纫和插花用的道具，陈列在大玻璃柜橱中的玩偶、羽子板①等玩具。一个个物件看下去，仿佛整个屋子都被堆满了热闹，可尽管如此，家里面还是很安静，有时静得都令人觉得冷清。

阳光明媚的外廊上晒着绉绸做的被褥、纺绸制的坐垫以及母女两人的和服。屋檐下青色的鸟笼里，一只紫翎羽、红首腹的鹦鹉在吱呀乱叫。不太宽敞的庭院里一年四季都盛开着鲜花，可看着这些明媚娇艳的色彩，反倒更衬得这个没有男主人在的家越发寂寥凄凉了。

---

① 羽子板，产生于室町时代，最初不是一种游戏，而是一种赶鬼仪式。羽毛做的小球叫"胡鬼子"，球板叫"胡鬼板"。

平日里出入龙子母女家里的男性，除了每天随意前来询问公事的商人以外，估计也就花木店、绸缎庄、经管房地产的人以及一位名叫桑岛的内科医生了吧。这几位都是在龙子出生前就经常出入家里的熟人，如今个个都上了年纪，头发也都变得花白。

"橘屋"绸缎庄的掌柜早在母亲未出阁之前，便与母亲娘家有过来往，后来母亲出嫁，掌柜的也便将生意做到这边家里来了。房地产经管人高木曾是已故丈夫经营的公司里的员工，常年看管金库，是一位老顽固。花木店的人是一位来自杂司谷、名叫"五兵卫"的驼背老爷爷。那时候龙子正要上高中女校，就在前一年，他过来给家里的松树除霜，当时还带着他刚参军回来的儿子一起，说自己年事已高，以后就不能出来工作了，所以就拜托家里人像关照他的生意一样，希望今后能继续照顾他儿子龟藏的生意。也正是那个时候，常年来给家里人看病的桑岛医生因上了年纪而撒手人寰了。

有一天龙子从学校回来，看见从昨晚开始便有些身染风寒的母亲枕边坐着一位陌生的男医生，他看上去约莫三十四五岁，鼻下留着一撮漂亮的小胡子。自桑岛医生过世后，龙子还从未听母亲说过要找哪位医生来替代桑岛医生，所以那天当她突然见到这位陌生的年轻医生时，不知为什么，龙子第一时间想到的是：就像花木店的五兵卫将工作交接给儿子龟藏一样，这位医生估计在桑岛医生在世的时候就被推荐过来了吧。于是那个时候，龙子连岸山医生他这个名字问都没有问过母亲。

　　大概过了三天时间，这位新来的年轻医生又来问诊了。当时龙子正在母亲的枕边跟母亲聊天，见医生过来，便一口将奶油泡芙填进嘴里，跑到隔壁房间，待擦净嘴巴和手指后，又悄悄地回到原来的位置。医生面朝着母亲，就简单问了句她有没有食欲、是否咳嗽，既不把脉也不量体温，也不见他拿听诊器放在患者胸口上检查。然后他从带来的包里拿出处方笺，开好药方后，就一言不发地站起身来。桑岛老医生每次看病问诊都很仔细，总是不厌其烦地千叮咛万嘱咐，对比这位岸山医生，龙子看他看病的样子未免太过简单，总觉得有些靠不住，于是在和女用人一起将医生送出玄关后，刚一坐到母亲枕边，就对母亲说："母亲，这次来的这位医生我从来没见过呢。他靠得住吗？"母亲说又不是什么大病，不过是稍染风寒罢了，所以也没什么妥不妥的。看着母亲一脸放心的样子，龙子也便没再问下去。龙子倒也不是对上了年纪的桑岛医生深信不疑，只不过知道他老人家经验丰富，是个口碑还不错的开业医生而已，所以对比来看新来的岸山医生，其简单粗略的诊查手法和高冷孤傲的待人态度反倒更让人觉得他身上有种学者气质。正因为这样，之后在龙子生病时，她也没等到母亲开口提议，便直接自然而然地接受了岸山医生，让他给自己看病。

某天晚上，龙子和母亲一起去有乐座听长呗研精会的演奏，恰巧在走廊的人群中看到了岸山医生。不同于初次问诊时的冷漠态度，岸山医生郑重其事地对龙子母女表示了问候。隔了一段时间过后，龙子在和母亲一起去帝国剧场时，果不其然又遇见了岸山医生，随后便应邀去喝了红茶。回家的电车里，龙子听母亲说岸山医生正在学长呗。

母女两人每年八月份都会去镰仓或逗子避暑两三周。龙子十五岁的那年秋天，东京流行霍乱，学校便将假期延到了九月末，其间母亲曾回了一次东京，之后又折返到了镰仓。在镰仓度假期间，龙子竟见到过岸山医生两次。两次都是岸山医生来给镰仓的病人看病而顺便见的。第二次见面的时候，龙子和母亲、医生三个人一同去了海边。待共进晚餐后，医生乘末班火车返回东京。母女两人便一边乘凉一边将医生送至停车场。

第二年，十六岁的龙子还是和去年一样，和母亲一起在镰仓避暑，母女两人每天大眼对小眼，无聊得很。龙子说要是今年岸山医生也来玩就好了，母亲听闻后但笑不语。于是第二天龙子便跟母亲提议道："那我给岸山医生写封信吧。"母亲看了一眼龙子后笑道："我们又没有生病，让他跑一趟太折腾了。"

那一年回到东京后，直到冬天，母女二人也没有染过一次风寒。没有见到岸山医生的龙子很快便迎来了十七岁的春天。

正值梅花初绽时节，有一天龙子放学回家，在电车上无意间听到邻座的两个陌生男人在说自己居住的町名——茗荷谷，还听到他们提到了好几次和自己姓名相同的"小林"两个字。两人看起来三十多岁，身穿西装，一直在谈论有关岸山医学士的事情，期间好像还提到了母亲京子的名字和其他有关女人的话题。尽管摇晃的车身中车轮作响、人声嘈杂，龙子还是听明白了两人的谈话内容，脸一下子便烧红了，心脏也怦怦直跳，快到几乎都要喘不过气来。电车停站的时候，龙子腾地站起身，拨开拥挤的人群冲下了车。龙子好像听到了周围人在对自己咂舌："这女孩可真没教养"，但她顾不得这些，下了车便茫然地往电车站方向走去，许久都没缓过神来。

起风了。万里无云的天空下，风儿却有些喧嚣，虽不至于拂面，但也确实扬起了沙尘。就这样一路被尘土包围着，龙子一步一步走回了家。

从龙子出生到现在，十七年间母亲都和她并头而眠。那天晚上龙子像往常一样，躺在了母亲身旁，借着从隔壁房间照进来的灯光，龙子深深地打量着母亲的睡颜。

黄昏时分刮起的大风不知什么时候突然停了，这会儿竟淅淅沥沥地下起了雨。因为没听到远处的电车从江户川桥经过的声音，所以即使不看表，也能推测出现在早就过了一点钟。母亲还是和往常一样，面朝自己偏右睡，闭着嘴微微仰着头，睡相着实雅观，也着实睡得香甜。即便是母亲生病的时候，龙子也因为第二天上学不能迟到，被母亲按点赶上了床。从那时起到如今已经十七岁的今天，龙子从未像现在一样，在半夜里深深凝望着母亲睡颜。

扎起来的束发就像白天一样，一点儿也不乱。自然闭合的眼睛衬得眉毛更加浓黑。在斜洒下来的朦胧灯光中，母亲纤细的鼻子和柔和的脸颊轮廓都显得格外美丽。雨似乎突然下大了，敲在房檐上的声音和雨滴声一下子响了很多，但即便这样，母亲也丝毫未动，依旧睡得香甜。不过睡相并不是疲惫到倒头就睡的可怜模样，也不是像动物那般恨不得睡得天昏地暗、神志不清的贪睡模样。看着母亲的睡颜，龙子脑中浮现出了一幅画面：漂亮的鸟儿将小嘴埋在美丽的翅膀里，静静等待黎明的到来。

龙子决定不再想任何有关岸山医生和母亲关系的事了。如果在电车上听到的话纯粹是毫无根据的谣言，那自然再好不过。如果万一真是事实，那龙子就尽量将其想成一首优美的诗歌，权当为母亲寂寞的一生增添了一抹梦幻色彩。哪怕这个传言之后真的不幸被世人所知，她也打算装作毫不知情，照旧和母亲普普通通地过日子。

想罢，龙子面朝母亲，学着母亲的样子，娴静地闭上了眼睛，但她并没有马上睡着。不知道是在做梦，还是现实，龙子脑中浮现出了一个身影，那是她自从去年秋天起，每天早上都能在上学的电车里见到的一个学生。还想起了不知什么时候放在袖中的情书里的句子。她还看见在无人知晓的时候，情书被横竖撕成了碎片，丢到了江户川河流里的场景。当被这个意外的梦惊醒时，龙子在朦朦胧胧中看到了母亲正睡得香甜的睡颜，不过她没有像一开始那般吃惊了。不知为什么，她好似打开了心结，觉得母亲越发亲近，就这样，龙子凝望着母亲的睡颜，不知不觉进入了梦乡。

大正十二年①二月稿

---

①公元 1923 年。

榎^① 物语

---
①榎，楸树。

榎[①] 物语

---
①榎，楸树。

郊区的荏原郡世田谷町中，有一座名为"满行寺"的小寺庙。这座寺庙三四代前的一位老住持，在圆寂之际留下了一个牢固的姬路革小箱子，并且留下遗言说，万望待我寂灭五十载后，方可打开此箱匣。

后来到了大正某年某月，时间正好过了五十年，时任住持打掉了挂锁，想要一探究竟。只见，箱子里放着一封用蝇体小字写就的文书，据传其内容如下：

愚僧我名仪，为忏悔一世所行所为，故将此生沉浮大略记述于此也。

愚僧仪本为西国丸元藩一位叫深泽重右卫门的斥候家臣的次子。鄙人虽不才，然则日常行止尝以儒者自居，并心下暗以光耀门楣为己任。

十五岁那年春天，因老爷启程回乡，先父作为随从人员一道前往，不料竟就此留在了当地任职。彼时，芝山之中有一处叫青树院的修行所，那里的住持名为云石大师，长年与先父交情甚笃，故而愚僧我得以寄宿于彼处修行之所，每日照旧前往江户的某处武家官邸跟随一位私塾大儒松下先生，勤勉习受朱子之学。不料一来二去，心里竟自然而然地起了出家为僧的念头，到十七岁那年春天，终于还是毅然决然剃度出了家。在我发下宏愿，潜心研修朱子之学期间，修行所住持云石大师不但给予我大力支持，为我提供无微不至的照顾，更是对我厚爱有加，在精进勤修方面给予我恳切的指导。

及至愚僧我二十岁那年，不意间受同宿舍学僧之诱惑，前往品川宿的妓楼冶游，故而破了佛戒。自此邪念侵身，什么诵经念文，什么修为学业也全都日渐荒疏，每日只是浑浑噩噩，聊以度日。

一天夜里，愚僧我一如往常从品川宿冶游归来，途中和同行伙伴走散，一个人沿着牛町的大道急匆匆迈步前行。可是不管怎么走，两边的街道似乎都是一模一样的，行至最后，居然来到了海边。我心下暗想，这莫不是遇上了狐仙作怪，迷了方寸？又瞎摸乱闯了半天，一狠心拐进了另一条纵横交错的街道，最终还是迷失了方向。此时，夜色渐浓，月亮在云端时隐时现。我一个人走投无路，索性在路边的草丛里一屁股坐了下来。

正当我在心里专心念佛壮胆之际，突然从远处传来一阵阵女子哭泣的声音。我不禁心下叫苦，以为这必然是狐仙妖魔现身耍的诡计手段。正当我缩在原地胡思乱想，把自己吓得浑身上下直打哆嗦之时，却不料又传来了男子的声音，并且还有愈行愈近的脚步声。我心下好奇，于是钻进茂密的草丛中躲了起来，想要看个究竟。

只见，路上一名武士强行拉扯着一位妙龄少女向这边走来。虽然少女几次瞅准机会想要逃跑，然终究未能成功，及至后来被武士强行摁在草地上。少女嘴里不住地说理哀求，而武士却丝毫不为所动，不由分说拿绳子绑了少女手脚，想要将她押回家去。那少女看着着实可怜，然而言语之间听来却像是犯了男女暗通款曲之事。

过得片刻，另一名武士气喘吁吁地赶来。他面向之前的武士恳求道："今夜之事，除了阁下之外家宅之中尚无第二人知晓。虽然，我知道抓捕私奔男女乃阁下分内职责之事，然而，能否看在故日你我情谊的分上高抬贵手，让我们远走高飞？"武士一边额头触地频频叩首，一边苦苦哀求，然而之前那名武士却根本不为所动。

出手抓捕的武士说道："鄙人对于阁下可谓往日无怨近日无仇，然则小夜殿下乃吾恩师之女。如今她陷入违背道义之恋，居然行出与家臣勾结私奔出逃之事，此事如若传扬出去，以师尊之身份，又该如何面对世人？如若你们能够就此悬崖勒马，则此事除我之外尚无他人知晓，殊为不幸中之大幸。不若就此带上小夜殿下折返归家，则不但双亲颜面得以保存，你们也不至于遭受痛罚责骂。一味如此这般拖延时间，势必酿成难以弥补之大错，不如快快随鄙人一道回去。"说完，上前欲将一旁痛哭流涕的女子带走。

此间，另一位武士装出一副痛心悔过的样子站在那里，谦逊地聆听对方的教诲，另一边却暗暗朝着女子使着眼色。女子也做出一副不再挣扎的样子，还道了一声叨扰。如此一来，抓捕的武士自然放松了警惕，不再拿刀架着女子。

说时迟那时快，后来的武士大喊一声"去死吧"，拔刀便砍。对方亦早有准备，挺刀招架。两人你来我往斗在一起，三五回合之后，那先来的武士脚下不慎打滑，跌落路边悬崖。然而在跌落之前他却横扫一脚，刀法巧妙地砍中了对方的腿脚。对方嘴里来不及喊一声"糟了！"，便随着先来的武士一道滚落后方的悬崖。电光石火之间，路边仅剩下少女一人。

正当此时，少女家中的其他武士们手打灯笼，前前后后数人一起赶了过来。大家看见少女虽然惊得瑟瑟发抖，但所幸浑身上下完好无损，于是由其中一人将其负在背上，一群人朝着来时道路杂杂沓沓地又蜂拥离去。

愚僧我从始至终待在草丛里看着，一动也不敢动，过了良久依然恍如梦中。然而，眼前之事本非梦中所能遇见，所幸此时天空东面已逐渐放亮泛白，乌鸦离巢觅食之声亦开始依次传入耳际。愚僧我心下稍安，这才小心翼翼地从草丛中爬出。愚僧我战战兢兢地探头望向悬崖深处，也不知跌落崖下的两名武士是生是死。眼中所见之悬崖高耸险峻，悬崖之下苍天大树林立，密林之中竟是一处广阔无边的坟场，哪里还能找到半分人影的痕迹。

悬崖边上鲜血直流，依稀还能看到方才打斗留下的痕迹。不过现如今两人都坠崖而死，于我而言也是一种意外的运气，能够得以不遭池鱼之殃而安然离开。愚僧我正心下暗自庆幸之际，忽然发现脚下的草丛中，躺着一支遗落的银质扁簪子。不用说，这一定是那位少女身上的遗落之物。我未加多虑，拾起扁簪。前行几步，又发现了其他遗落之物。捡在手中一看，原来是一枚革制钱包，拿在手中一掂量，还颇有分量。愚僧我打开查看，发现里面装着许多大额的金币，细数之下居然达百两之多。愚僧我心下思忖，这必是那逃跑武士随身携带的路费盘缠之资。想到此，愚僧我心下开始打鼓，今日若就此吞下此财，日后要是牵扯出干系必将惹祸上身，不如还是物还原地不要碰它为好。然而，忽又想到，如此一大笔钱财扔在此地，即便自己不捡也难保便宜了哪个路过此地的家伙。再者而言，这笔钱财的主人是一介私奔的逃犯，此刻就连是生是死亦不可知，这不正是天赐之财么？天赐之财如若不取，岂不是逆天而行、反受其累？愚僧我一边找着借口安慰自己，一边将装满金子的钱包揣入怀中。

就这样，愚僧我带着矛盾纠结、惶恐不安的心情，恍恍惚惚地迈步离开了现场。此时，天色已经完全放明，从附近的寺庙中陆续传来钲鼓木鱼之声。街道也逐渐苏醒过来，寻常百姓们高声说笑着，有人拉着满满一车蔬菜穿街而过。不知不觉终于绕回了种着两棵榎树的伊皿子附近，愚僧我方才又认准了方位，疾步向芝山内的修行所赶去。

实际上，时至那日，虽然身体上的戒律早已打破，然而愚僧我却还从未夜不归宿。以往外出冶游，总会赶在天明之前返回山中，神不知鬼不觉地摸回卧室上床睡觉。今天已经到了这个时辰，再想悄悄潜回学寮已是痴心妄想，更何况身上还有上百两的金子也苦于无处安放。如此这般思前想后，整个人筋疲力尽地走到大门附近。正在那踟蹰呢，突然听到背后有人大喊："哈哈，良乘殿下，这么早，这是要到哪去啊？"这装神弄鬼的着实吓我一跳，待我转头一看，原来是净光寺分寺中的一位修行僧。

这位修行僧也和我一样，时常出入一些风月败坏场所，名为得念。他说自己有事前往京桥，正好可以顺道一同前行。他见愚僧我魂不守舍，异于寻常之态，不由得频频出言相问，是否有何隐情。不曾意料的是，我还未开口，得念自己反倒忍不住竹筒倒豆子般，把他那点身世一五一十地说了出来。

原来，得念常年和一位居住在木挽町的商家寡妇之间暗通款曲。一来二去，不免生出了许多风言风语，他的师父也为此几次提醒规劝。然而，究竟如何处理此等见不得人的不端之事，寡妇一方的一众亲属之间却也争执不下。如果照此听之任之，一旦出现什么差错，传扬出去反倒不美。闹到最后，得念居然蓄发还俗，入赘进了寡妇的家门。寡妇这边一切计议妥当，于是得念再次回到净光寺和院里的方丈说明情况，也就两三日工夫，便干脆利落地脱去了身上沾满檀香佛气的法衣。

每个人都只能年轻一回，所以愚僧我一再强调遇事要学会三思而后行。那日，在得念的盛情邀请下，愚僧我便随他一道去了那寡妇家里。寡妇待客倒也热情，上了不少的好菜，酒足饭饱之际还为我备下了温热的泡澡水。一入浴桶，昨夜以来的疲劳困倦顿时袭上身来，不知不觉愚僧我居然睡了过去。等到一觉惊醒，睁眼一看，又已是日薄西山，心下登时更加慌乱。于是慌忙向寡妇以及得念赔罪，表示过得这两三日，定当另择他日专程前来致谢，一番千恩万谢后告辞出来。

然而，此时要想再赶回山里的学寮哪里还来得及，但是眼下又根本没有其他可去之处。愚僧我漫无目的地向芝口走去，一直来到护城河边虎门附近的一方池塘边。暮色四合、秋风萧瑟，为本来就孤寂的城外道路更添了几分凄凉。路上早已不见半点人影踪迹，池塘一角干枯的残荷在萧瑟秋风之下发出飒飒的声响，混合着从坡道上传来的葵瀑哗哗的流水声，直刺耳膜，令人心悸。我担忧着自己今后何去何从，一屁股颓然坐在河堤旁边的石头上，心下茫然地盯着水面出神。

突然，有人从背后拍了我一肩膀说道："原来你在这儿啊，良乘殿下，我猜你大概有什么心事吧，故而不放心，这才跟了来。"是方才在木挽町寡妇家道别的得念。得念一边絮絮叨叨说我必定是产生了跳河轻生之念，一边视线左顾右盼、游移不定。及至后来他突然话锋一转，图穷匕见地声称，愚僧我怀中的巨额钱财，必定是不久前从山内盗取的宝藏，看在两人情谊交好的分上他必定不会对外声张，不如两人对半瓜分。

愚僧我心下思量，之前在他家沐浴更衣、打盹小憩之时想必便已然暴露，故而索性将昨夜遭遇一五一十和盘托出，并明言接下来正待找寻苦主，将金子尽数奉还。然而，得念一概不为所动。及至后来，威逼利诱不成对方竟开始动手夺取，两人于是扭打在一起。要论打斗，愚僧我毕竟在十五岁之前练过武术，略通拳脚，故而将得念死死压制。得念眼见取胜无望，忽然开始大嚷：杀人啦，抓小偷啦。愚僧我心急狼狈，不觉间竟用尽全力死掐得念的咽喉，直到对方瘫软无力方才罢手。不料用力过猛酿成大祸，无论愚僧我如何摸掐拍打，也丝毫不见得念有返气还魂的迹象。所幸上天眷顾，此时夜黑风高人迹罕至，于是草草将得念的尸骸沉入池塘中，匆忙离开事发之地。

愚僧我一路经过户田老爷家大宅，来到麻布今井谷湖云寺门前。当时还是明治维新之前，长垂坂上的妓女馆仍然门庭若市。愚僧我到得门前被招呼入内，索性在里头厮混了一夜。果然人生沉浮，世事难料。想我一介僧人，偶然拾得大钱一注，未料口袋尚未捂热，转眼却犯下这杀人大罪。事已至此，悔之莫及，也不知自己当不当早些投案自首。如若不然，只能听天由命，从此亡命天涯。两项选择之外，再无他途。然而，就算如今舍弃怀中金子，也已经免不了杀人灭口之罪。如此这般左思右想，愚僧我一夜未眠，辗转反侧，最终打定主意先寻一处藏身之地暂避风头。

次日一早，愚僧我从麻布的妓馆出来，逃到位于涉谷村羽根泽的乡下，那里有我过去的乳母，一位名叫茑的老妪。那真是个老实巴交的农妇，所以一直到她家的第二个女婿进门后，愚僧我仍然每年寒暑两季雷打不动上门请安问候。甚至在愚僧我前往山内的学寮寄宿求学后，也还偶然在有马阁下家大宅子前的马路上碰见过几回。故而当日过晌时分，愚僧我便寻了过去。

意外的是，乳母家不仅待我热情大方，而且还专门另行为我安顿了一处独立的宅子，如此愚僧我便暂时隐世无忧了。对茑乳母夫妇，愚僧我也只借口说因吃多了酒与同寮学僧发生口角，累及尊师其他僧众，眼下暂被逐下山来，打算先行返回家乡，故而借道前来叨扰个三五时日。对此，夫妇二人自是欣然应允。接下来，便是好生休息，又陆陆续续购来素衣缟裤、雨衣斗篷，打算重新装扮一番。唯独项上一颗光头脑袋不知如何是好，只得届时再想办法易装成俳谐诗人或者行脚医师的模样。

如此这般，各项旅途用项均已准备妥当，方才向莴乳母夫妇告辞出来，沿着他们指点的方向一路进发。当夜便借宿在川崎旅馆。

然而，实际上愚僧我从未曾真的打算返回家乡，故而又改行东海道抵达小田原。在城下盘桓数日后，遍游豆州温泉名胜，参访附近名山大川，这才出发前往甲州，意图再寻机会返回江户。然而不料在山道途中偶遇一人，正是那座山上的满行寺前任住持了善上人。上人意外地对愚僧我喜爱有加，无论如何要拉我前往满行寺小住时日。盛情难却，愚僧我也只得随同前往叨扰了。

说起该寺，实乃西本愿寺派丸元寺的一处分寺，其宗门规矩可食肉、许娶妻。了善上人的夫人于去岁寂灭，身后仅留下一女，故而寺中并无能够继承法统之男子，了善上人遂认了愚僧我为养子，并准备日后招入门中为婿。不料后来上人突然身染急症，竟不治仙逝。不过，这已经是愚僧我入寺寄宿后的第三个年头了。上人仙逝后，愚僧我遵照遗言，成为该寺第八代住持。

在此之前，愚僧我身上的那上百两巨款，虽然经过了豆州的温泉疗养圣地一番挥霍，也不过用了区区十两，其余尽数随身携带至此。当初虽然随上人投奔了该寺，但一直苦于无处隐藏这笔钱财。直到今日，方才在该寺正大门边的一棵苍天大榎树上发现了一处树洞，于是找了个夜深人静之时爬上树干，将钱财藏匿其中。

话说，自从前住持寂灭成佛后，愚僧我以住持身份登堂入室，出入行止自由无束。于是，寻了个夜深无人之时，再次爬上大树，从九十两中取出四十两，余下五十两依旧原样藏回树洞。愚僧我拿着这四十两金子尽情挥霍，一时间买妻纳妾，成日里淫乐无度。怎奈好景不长，没过几年，小妾病死，紧接着，前住持嫁与我的正妻也疾病缠身，不久竟也撒手离世。

此时，愚僧我也已经年逾四十，在一众施主香客之中颇为积累了几分好名声，近乡百姓都尊我为得道高僧。虽然愚僧我所知不多，然而所谓的成佛成家也不过如此了。岁月不居，时节如流，早年间在池塘边失手打杀得念之事，以及武士遗落的百两资财尽数落入我手之事，也不知后来如何了结了。这些事情每每在梦中不期造访，愚僧我也曾借办事之机到江户城外留意打听，却丝毫没有听到任何风闻，似乎早已无人知晓此事，于是好歹安下心来。

至于早先寄宿的芝山内青树院那边，据我所闻，自从愚僧我突然之间去向不明，学寮虽派人尽心寻访却一无所获。有说愚僧我已被歹人所杀的，有说只不过是突然失踪的，不管哪种结果在他们看来都是一桩悲剧。云石师傅则将愚僧我出逃之日定为我的忌辰，还在学寮内为我筑墓立碑。

　　如前所述，愚僧我在一两年的时间内相继失去妻妾，虽然此后也有续弦再娶的想法，但是一则自己已过天命之年少了折腾的精气，再则多少也得顾及施主等众人的悠悠之口，因此再难凭借喜好冲动行事，只得收敛心思静待时机。

　　虽然时不时仍旧偷偷摸摸前往不远处的新宿游玩取乐，以解心中馋渴，然终究只不过隔靴搔痒，非长久之道。每每空闲无聊之际，也只得仰望着门前大树，幻想着有了这树洞中的五十两在手，只需等时机一到，便可如何到那浮世红尘中去逍遥快活。此事欲速则不达，我也只能暂且忍耐聊以度日。人的欲望是个奇怪的东西，只要相信有一天能够美梦成真，你就会发现自己的耐心有时候大得惊人。

　　现下唯一令愚僧我牵肠挂肚的，就是门外的那棵大树。愚僧我总是担心风雨雷鸣之时，树干会不会被风刮断，会不会被雷劈开，万一到时候藏在里面的钱财如树叶般撒得满地都是，那可如何了得。因此，一遇上天气不好的时日，我便夜不能寐，时常半夜起身打开寺庙书斋的窗户，守望着大树的树梢。

如今想来，那已经是十余年前之事了。春分一过，漫山遍野花繁景盛，即便在白天也时常风急雨骤，附近村落已经发生了十余起雷击事件。虽然敝寺山门内的大榎树所幸无碍，但是随后的两三日仍然黑云压顶不见晴空。人们纷纷议论暴风雨将至，直听得我心惊肉跳。

　　那日入夜，愚僧我终于按捺不住起床走出院落，爬上大树想要取下钱财另放他处。想愚僧我年轻之时，身手敏捷如猴，这样的树干嗖嗖两下就上去了，然而眼下却心老身衰，手脚渐渐不听使唤。才往上爬了不过两三级，便脚下一滑，咚的一声摔下树来。时值夜深人静，如此大的动静本该惹出众人一场喧嚣，好在当时大风猛吹，故而无人听到半点动静。

　　愚僧我摔下之后浑身难以动弹，差点以为自己要就此气绝当场。许久之后，方才缓缓起身，只觉腰部疼痛难耐，而且还扭伤了一只脚，只得趁着四下无人四肢着地爬回了寝室。当晚更不敢延请医师，只得等到第二日天明，方才得到诊治。由此身上居然落下了跌打损伤之隐疾，每当季节变换总会引来疼痛，着实令人烦恼，想要再爬上门前大树也怕是不可能了。如此一来，那藏在大树上的钱财也便再难入手。有心请人帮忙，又恐有他人发现自己过往破绽之虞。一想到空有五十两金子藏在那树上，却丝毫不能为己所用，愚僧我便仿佛瞬间被抽干了浑身力气一般，唯有每日盯着榎树的树梢惘然慨叹罢了。

所谓疑心生暗鬼，愚僧我偶然听到大树的树梢上传来乌鸦叫声，以前向来未曾留意，如今听来那乌鸦却仿佛在嘲笑道："死和尚，看你那副死相，活该。"就连秋蝉的鸣叫，传入耳中也成了"可惜了，可惜了"，更加令人愁肠万断。在雨住天晴的时候，愚僧我透过大树枝头，眺望着天际缭绕在新月周围的那一抹火烧云彩，深感这世间的诸行无常。然而，无论如何感叹，那些由我亲手藏起来的金子，我已经无力亲手取回了，这事怨不得谁。随着岁月流逝，愚僧我逐渐认识到，或许这就是所谓的因果报应。

既然另外一半的五十两金子已经就这么鸡飞蛋打一场空了，如若再不死心放弃，恐怕还会招致其他什么飞来横祸。于是，愚僧我决心彻底忘了那树上的金子。然而，即便如此心中还是不免浮想联翩。比如，那些金子如今究竟还在不在那树洞之中？会否有盗贼早已乘我不备盗取了去？一来二去，心下越想越在意，最后无论如何也想要确认一下金子是否还在了。接着又想到，如若那些金子并无异常仍在原地，到头来变成了一堆无用的东西，那还不如任谁取走，随意花了更好。当然，此事也不好对外到处宣扬，故而也只得暂且忍耐，日复一日静待时机罢了。

一天，村长老爷差人来传我即刻前往幕府代理官所。愚僧我慌忙赶去，出来接待的差役问我寺中可有一名叫庆藏的杂役。

我答道，庆藏正是我寺杂役，不过去年冬天已经辞别离去。差役于是说起了庆藏之事。原来那个庆藏，自去年以来就时常出入新宿板桥边的妓楼堂馆，在里面狎妓饮酒，行事举止与身份完全不符，而且身怀巨款、大手大脚，故因身上疑窦丛生而遭到了审问。

根据那位庆藏交代，他所盗取的金子全都是满行寺寺内护子地藏菩萨座前的香火钱。一直以来，他都把身上的大笔钱财藏到满行寺内的一棵大树树洞里。那日夜里，庆藏一如往常打算把偷来的地藏菩萨香火钱藏起来，于是爬到榎树上，却意外发现不知何人于何时，竟在树洞里藏了五十两巨额金子，于是悉数卷了钱财，又不动声色地辞了寺庙工作，一走了之。然而这些都是庆藏的一面之词，差役打算姑且先向我这个住持求证之后，再行将犯人发往江户城外。

愚僧我听完之后大吃一惊，有心做证说庆藏的供述分毫无误，但是又担心一旦纠缠起究竟谁在树上藏匿了五十两金子，到时候反而会惹火烧身，故而最终什么也没说便返回了寺庙。本村当时是小普请组统治下的纲岛右京殿下的领地。寺里的庆藏被押送到了传马町的牢里，那里是北方奉行所的势力范围，庆藏遭到了严酷的审讯，招供了更多的罪状。原来，十余年前，庆藏到达麴町边之时正苦于无处藏身，所幸被满行寺收留，故才有了后来藏金于树洞的事情。当然了，这些说辞也有可能是受不了拷问的痛苦而瞎编的供述，然而无论如何，盗取香资一项是明白无误的。于是，庆藏被投进了监牢，不出十日，竟然病死牢中。

事情发展至此，五十两的金子被庆藏一通挥霍之后，还剩二十余两。代理官所把我叫去，说是在查明金子正主之前先暂存在本寺，并把金子交到我的手中。如此一来，愚僧我那些作奸犯科的劣迹自然烟消云散，总算可以心下稍安。然而回想起来，自己所犯下的罪孽却报应不爽地牵连到他人的身上。渐渐地，愚僧我变得夜不能寐，入睡之后也总是噩梦连连。

为了聊以赎罪，我不仅为庆藏立了墓碑，还为当年自己谋害沉尸的净光寺修行僧得念也修了豪华气派的墓地，并敬上丰厚的供奉。然而，两人的怨念却依旧阴魂不散。早年从大树上跌落而落下的病根在那年秋天突然剧烈发作，各种病痛也接连袭身，发展到后来竟是下地一日，卧躺三天的地步。事到如今，愚僧我心下也终于明白，这副身板恐怕是再也无望复原如初啦。再加上，愚僧我也已经是年近六十的年迈老翁，自知余命不多，心下寻思好歹趁此残生好好忏悔过往，故而写下此书。

另外，至于愚僧我继任此间满行寺住持以来的种种事情，将另做文章细细道来。还有，至于愚僧我老家的一应故事，因当年自从三缘山学寮出逃以来，与家乡之间已经数十年音信不通，故而另外简书一封，也就足够了。

250

以上。

南无阿弥陀佛。南无阿弥陀佛。

庆应　年　月　日

武州荏原郡荏原村

元光山满行寺住持释良乘书

昭和四年^①三月初稿

昭和六年二月修订

---

① 公元 1929 年。

深川之歌

一

　　我坐上了从四谷见附①开往筑地两国②的电车，虽然并没有什么特别明确的目的地。无论是坐船也好，乘车也罢，我只是想乘坐某样会动的东西，放任身体自然摇晃，让自己能够得到一种快感而已。我也不知自己是何时有了这样奇怪的习惯，或许是在纽约的高架铁道上，或许是在巴黎的合乘马车的屋檐下，抑或是在塞纳的河船上吧。

　　今天的天气很好。温暖，无风。十二月已过去了二十天，电车飞驰在麹町的大道上，醒目的松竹装饰、鬼灯提灯、幕布、高杆提灯、旗帜等各种各样的东西，与脏兮兮的瓦片屋顶和新建房屋的鲜艳木板形成强烈的对比，让我觉得无比混乱，难以

①四谷见附，过去"江户城三十六见附"之一。见附是城外郭，为警戒监视外敌入侵、攻击而设立的城门。
②两国，指两国地区，位于东京神田川和隅田川的汇流处。因为是日本古代令制国"武藏国"和"下总国"的交界，故名两国。

255

调和。午后刚过三点的斜阳，更是无情而耀眼地悬挂在空中。

广告乐队的乐曲声此起彼伏，因不合拍而显得嘈杂无比。街上人来人往，车水马龙。

但此时乘坐电车的人并不多。一名身着黄色军服像是大尉的军人，两名收敛气息坐在角落的士兵，一名大腿上放着折叠包，打扮似承包商的男子，三名感觉像是准备去收账的商人，还有两名女学生，以及一名不知是新宿还是四谷的老艺伎，仅此寥寥数人。日光自车窗斜斜地照在大尉的侧脸上，残留的胡楂就如一根根绣花针般泛着亮光。女学生那突出前额的茶褐色发髻，就像沾满了油污般不堪入目。所有人都沉默着，偶尔有人似乎想要说什么，可半张着嘴最终没有说出来，只剩下面面相觑。也有人索性垂下眼，目不转睛地盯着乘客们五花八门的木屐和鞋尖。似乎就连那写着奖金高达几万日元的抽奖广告都无法吸引任何一个人的视线。老艺伎抹着大地色唇釉的嘴唇微微噘起，嘴里的蛀牙被吸得啧啧作响。承包商打了一个很大的哈欠后昏昏欲睡起来。售票员时而扭过身体拉扯后面的钢绳，幅度大得令人怀疑他的腰会不会因此而折断。

电车开到麹町三丁目时，又上来了两名乘客。一名是约莫四十岁左右，长相略有些丑陋的妇人，她穿着棉罩衣，手里拿着垂提灯和白木棉的大布袋，还背着一个婴儿。另一名则是拿着棒球道具的少年。少年一个劲儿地说着昨天已经结束的期末考试的成绩。突然，婴儿大声号哭了起来，响亮的哭声直逼老艺伎嘬牙的啧啧声。一时间，乘客都望向了哭泣的婴儿。妇人解开了棉罩衣，把背上的婴儿抱入怀中，解开满是污渍的衣襟，开始给婴儿喂奶，她一脸坦然，似乎丝毫不在意露出发皱的皮肤。正当众人想着婴儿终于不会继续哭了的时候，售票员忽然开口说道："半藏门到了，半藏门到了。请需要前往九段、市谷、本乡、神田、小石川方向的乘客在这站换乘——我说这位，去小石川要在这里换乘啊，准备下车吧。"妇人闻言晃着黝黑的胸脯，一手抱着婴儿，一手拿着提灯揣着大布袋匆匆忙忙地准备下车。而等在车门外的乘客见车内空位还很多，便争先恐后地挤上车，想要成功占到座位，也将试图要下车的妇人挤了回去。婴儿哇哇喊着，尿裤掉在了地上。然而乘客不顾是否会踩到地上的尿裤也要继续往车内挤，妇人发出了濒死般的嘶喊。售票员习惯性地大声喊道：

"请不要遗忘随身物品。"他注意到了那只是一条脏兮兮的尿裤，但却也不能视若无睹，便姑且提醒了一声，"请慢慢上车，不要拥挤，注意安全。"

终于，乘客都上了车，叮的一声，他拉响了车铃。

"开车了。"

售票员话音刚落，电车便开动了。一名两鬓花白的老婆婆，和一名十八九岁的少女，因为没能抢到座位只得站着，摇晃之间两人双双向前倾倒，赶忙拉住头顶的吊环才没摔倒在地。少女梳着银杏发髻穿着围裙，看起来大概是她女儿。与此同时，一名穿着棉罩衣和细筒裤的手工艺人被人踩了脚而痛呼出声："啊，好痛！"

"啊，真是太抱歉了……"银杏发髻的姑娘满脸通红，连忙想要弯下腰道歉，没想到电车一晃，她又一个趔趄，险些摔倒。

"哎呀，真危险。"

"你坐下吧，小姑娘。"

留着短胡子，穿着斗篷的人十分绅士地让出了自己的座位。

"实在是太感谢了……"但是最终落座的却是她那两鬓花白的母亲。而年轻女孩则是努力伸长手紧紧地抓住了吊环。她的袖口宽大，似乎十分轻易就能够一眼看到腋下，以至于她一直小心翼翼地用另一只手紧紧地拉着棉中衣的袖口。车辆平稳地开下缓坡，方才那位手工艺人打扮的男子已经打起了鼾，有人开始读起《报知新闻》的杂报栏。

三坂宅车站上车的人不多，电车沿着已然枯萎满是疙瘩的柳树大道一路飞驰。车道右侧，四季繁茂的老树下停着两三辆货车，一辆两匹马拉着的厢式马车一溜烟地从电车后面超了上来。从左边的车窗望出去，诗情画意般的护城河美景映入眼帘。茂盛的松树点缀于高高堆砌的石墙堤坝之上，凹凸不平的墙面呈倾斜之势没入水中，视线所及的沿岸曲线在阳光的映射下，更是婀娜多姿到令人惊叹。暗青色的水面波澜不惊，犹如一面明晃晃的镜子，将遮蔽着两岸堤坝的杂草，一根根细长的柳枝，甚至高空之上的片片浮云都清晰地映照出来。堤坝旁成群的水鸟不时地飞入水中，扑打间水花飞溅，激起阵阵涟漪。电车沿着河岸拐了弯，这一带的护城河似乎较之先前更加宽阔平静，樱田门的白墙伫立在遥遥彼端，墙面上渲染着日落前些许昏黄的薄薄余晖，鲜明地映射在水面之上，几乎令人无法分清哪个是实物，哪个是倒影。电车很快即将驶过日比谷的公园外，还没等电车穿过宽阔的大道，停靠对面稍窄的街角，就有两三个男人从车上跳了下来。

"请等车停稳了再下车。"售票员话音未落，先前跳下车的其中一个人已经摔倒了。售票员头也没回，心知那人不会受多大的伤。他集中精神面对眼前困难的转弯，拼命地拉回后方眼看着就要偏离的钢绳。电车在层层叠叠的轨道上一颠一颠地艰难行驶着，终于停靠在了规定的车站内。那里有一群正在等车的乘客，其中还有两三个背着大件行李的商人。

回想起之前上下车的混乱情况，售票员大声提醒道：

"请各位乘客尽量往里面走一些。这位客人，麻烦您改拉后面那个吊环吧。车内拥挤，请小心保管自己的物品。车马上就要开了，请换乘的乘客出示您的车票。下一站数寄屋桥，可有乘客需要下车换乘的吗？"

"有的，喂喂，我要换乘。本所不是换乘站吗？"一名隐居风打扮，梳着寡妇头的老婆婆第一个叫道。

然而售票员却低头忙于将每一名乘客递过来的车票一一剪去。"是要往返吗？收您十钱，找您一钱，请收好。要换乘吗？"

"我要换乘啊，听见没！"前往本所的老婆婆高声尖叫着，嗓音就如同被人掐着脖子一般。

"喂，我要多次票，三十次的……"

一名头戴鸭舌帽，身着双线和服，下摆上卷挂在腰带里，脚上还穿着长筒毛线袜编织靴，许是自行车店伙计的男人将两张一日元的纸币递给了售票员。售票员接过钱看了看车外，连忙起身准备停靠下一站数寄屋桥站。一直到尾张町，伙计都没有收到自己的多次车票，他比刚刚的老婆婆还忐忑，但又不太好意思开口询问，只能用锐利的目光紧紧地盯着售票员。从电车的玻璃窗外，可以看见一路上的街道两侧都是类似印度或者中国南部那样朴素而实用的西洋建筑。车流来往的声音开始喧嚣起来，不着调的乐队再度出现。电车很快就驶过了银座的大道。乘客之中甚至还有三个穿着草鞋戴着斗笠的乡下人，车内变得更加拥挤起来。后方下车口的乘客已然挤成一堆，连气都快喘不上来了，嘴里还低声咒骂着什么，仿佛下一秒就能相互撕打起来。

"车内十分拥挤，请各位乘客尽量往车厢两头走一些。"

车上的吊环无一空置，全都落入各种各样的人手中。有戴着璀璨戒指的白皙嫩手，也有旁边那只大拇指的指甲厚如马蹄般的粗手。满是污垢的棉衬衫袖口与镶着金扣子的袖口紧挨在一起。索要换乘车票的声音，村夫们狼狈的模样，车厢内人头攒动，沸沸扬扬，吵得人头疼。不知何时起，又掺入了些许下町的女人们温柔的说话声。

电车在木挽町河岸停下，不知是谁大叫了一声："有人趁乱逃票"，售票员连忙下车一路追着那个头戴中折帽背着挎包儿的男人直到小路口。就连后面一辆电车的售票员也加入了追捕逃票者的队伍，路上瞬间就聚集了许多看热闹的观众。

车内也有人从座位上站了起来，好奇地走到门边看热闹。还有人在旁边嘟囔着"怎么会有这么抠门的人啊，还不赶紧掏钱，这不是给我们这些老实人找麻烦嘛……"

这时，有两三个人趁着意料之外的停车间隙，匆忙从后面一路赶来，乘上了电车，忍不住感慨自己今天真是走运。走在最后的是一名姿色秀美，气质出众的女子，她一上车便吸引了车厢内所有人的目光。这女子看起来二十二三岁，椭圆形的发髻上扎着一根红头绳。行走间，隐约可以从她那橄榄色吾妻外套①的袖口间看见整齐的双层红色内衬，她单手拿着一个福纱包，大概装着准备送出的礼品点心吧。

①吾妻外套，一种日本女性的冬季厚外套。

她走到出口附近，伸手刚一抓紧吊环，就听见下方传来一个声音："咦，这不是良子小姐吗？"说话的是一位与她年纪相仿，穿着风格也十分相似，而且同样梳着椭圆发髻的女人。

"哎呀……""良子"显然没想到会在这里遇见她，一脸吃惊地愣了半晌。

"我们有五年没见了吧……或许还不止呢。对吧，良子小姐。"

"是呀……自从在藤村小姐参加过那场校友会后，这么多年就再也没见过了吧？"

电车终于重新发动了。

"良子小姐，坐我这里吧，还要站很久呢。"坐着的女人拼命地向左挪了挪，将本就已经相当拥挤的椅子硬是挤出了半个位置。

旁边那个围着略显寒酸的围巾，看起来像个放账人的老头儿无端被挤，一脸不满地瞪了女人一眼，却在瞥到女人洁白的衣领时，把牢骚咽了回去，只是小心翼翼地扯回了被女人压到的陈旧斗篷的边缘，又乖乖地往内侧挪了一些。扎着红头绳的女人坐了下来，双手捏着福纱包放在膝盖上，与久违的朋友攀谈了起来："也不知道校友会如今怎么样了，最近她都没来收会费了吧？"

"藤村小姐一定是太忙了啦。毕竟她要管着那么大一间店呢。"

"阿宅，你可真是一点都没变呢，想必大家也是吧……"

"哎呀，哪里哪里。"

"你这是去哪儿呀？我马上就要下车了。"

"你是去新富町吗？我……"

她刚开口，就看到售票员已经开始走过来收取车费了。扎红头绳的女人从和服带的夹层中取出盐濑织的纸币小包，清晰缓慢地说道："我要换乘，去深川。"

"在茅场町换乘。"售票员操着一口方言提醒道。

笔直的大道两侧，立着许多颇具气势的格子门、连绵不断的板墙和精心打磨的檐灯，越过除霜后的松树枝叶，偶尔还能看见晒在小屋二楼栏杆上的黄八丈织棉麻浴衣和裆袍。随处可见写着"鸟""蒲烧"等行书粗体大字的行灯。忽然，左右景色陡地开阔起来，抬头一看，原来电车已经开上了一座桥。

左手边的河上架着一座相同的木桥。河岸旁的石墙直直地延伸到了远方才逐渐开始蜿蜒起来。如池中死水般平静的河道水面上，清晰地倒映着沿岸两层小楼的格子窗，偶尔还能看到一些黑影，那是装着古式防盗网的黑板墙投下的影子。许是正巧遇上涨潮的缘故，停靠在一旁的货船船篷看上去比路面都高出一些，缕缕青烟缭绕，向着万里无云的天空升腾而去。一名穿着束袖外套绑着头巾的妇女正站在船舷上洗着孩童用的便器。桥对岸，一盏崭新的纯白色行灯上写着大大的"租"字，店门口障子前的苇帘已经被拢在了一边。石墙下停着几条船板极为漂亮整齐的钓鱼船。大概是因为已经过了下午四点的缘故，附近几乎看不见人，直视那已然倾斜的阳光也不会觉得那么耀眼。在这赤红中略带一抹淡黄色的夕阳照耀下，目光所及的诸如宅邸、河道、石墙的一切物体的侧面都是看起来锐利而鲜明，却被日本这固有的色彩所禁锢，渲染不上些许得以区分远近的浓淡色调。于是从河道望去，那风景就如同放在旧戏院的那些刻板的道具背景一般。舞台上的默阿弥、小团次、菊五郎不断涌入我的脑海。那租船、那格子窗、那防盗网……

此时电车从海鼠壁的戏院门前呼啸而过。售票员报了站，听着像是到了"银富町"。

其中一名女人站起身说道，"我到了，那么就先告辞了，请代我向你的家人问个好。"

"好嘞，有空的时候来我家玩啊。再见。"

电车驶过了樱桥。河道比之前显得宽阔了许多，因此来来往往的货船不少，但这里的道路却由于两边建满的小屋和商铺前的松竹摆饰，看上去比筑地的大道还要狭窄落魄，川流不息的人群鱼龙混杂，沸反盈天。电车停在了坂本公园前，可是过去了许久也不见开车。后面跟着的电车也被堵住了去路，纷纷停了下来。可这辆车上就连司机和售票员都不见了。

"怎么回事？看着像又要停电了。"

一个身穿丝质外套，脚踩木屐的商人回头看向一个围着海獭围巾脸色赤红的老头儿抱怨道。一个脖子上挂着黄绿色小包的小孩子一边飞快地奔下车，一边叫道："哇，电车排队了呢。一眼都看不到头呢。"

此时，售票员将小包夹到腋下跑了回来，他抬了抬帽檐，擦了擦额头上的汗水对着众人道："实在是太抱歉了，请各位换乘的乘客在这里下车吧。"

话音刚落，车上的大半乘客都站了起来。其中一名乘客略带不满地说道："这是怎么了啊？要堵上很久吗？"

"实在是抱歉，前面的情况您也看见了。已经从这里一直堵到了茅场町……"

那名拿着装点心的福纱包，梳着椭圆发髻的美丽女人最后一个下了车。

二

我本就没有什么明确的目的地。此刻既然大家都陆续下了车，我也就不做他想，跟着众人一起站了起来。这时售票员往我手里塞了一张前往深川的换乘车票。

日光被沿路绵延的屋顶所遮蔽，整条大路上停着长长的绛紫色车龙，一直延伸到了两三町外。阳光斜斜地照在茅场町的街道上，或许是因为这一带的房屋除了屋顶和窗户就没有什么像样的雕刻装饰之故，我总觉得对角处那几栋高低不齐的西洋建筑就像是简陋而轻浮的储藏仓库。大路上如网格般纵横交错的电线，无比碍眼地阻拦着我想要眺望冬季透明天空的视线。看上去犹如昨日刚被砍伐下来一般，崭新的圆木电线杆毫不客气地杵在那里，让我怎么都看不到对面的景象。更别提那贴得密密麻麻，毫无设计感和色彩美可言的油漆涂色垃圾广告了。家家户户的屋檐下摆着的松竹装饰都已呈现枯萎之色，虽然也都挂上了各式各样的旗帜，但大部分都是一些诸如紫色或是红色之类极为单调的色彩。

我愤然地回想起了从前的深川，又不免庆幸此刻手中就拿着换乘的车票。忽然，一种无法压抑的欲望迫使我想要立即从这个肤浅的市中心奔向深川——或者说是逃向深川。

直至几年前我离开日本之前，水之深川这片土地，曾在很长的一段时间中满足了我所有的兴趣，以及恍惚、悲伤或喜悦的感动。尽管那个时候电车轨道尚未铺设，但东京街道的美观却早已被破坏得一塌糊涂。只有在河对岸那片偏僻的方寸之地，那带着些许寂寥悲伤的后街景致中，我才能体会到衰败零落亦无法完美诠释那种纯粹一致的和谐之美。

那个时候，还没有电车能够从繁华的市中心直通深川，人力车费用又极高，再加上永代桥的桥梁建设不知已经持续了多少年，导致可通行的来往道路只剩下一条羊肠小径，地上还遍布着碎石沙砾，车辆根本无法通行。所以大家已经习惯于乘坐从汐溜出发，途经此处开往十三间堀的小型石油蒸汽船，或是在南八丁堀的河岸边像豆腐店似的不断摇铃，拼命喊着"要开船了要开船了"却迟迟也不开的橹船。坐在船上，遥望石川岛沿越前堀在上汐随波逐流，犹如横跨印度洋一般历尽千辛万苦终于得以穿过永代桥下，挣扎着从越中岛进入蛤町的运河之中。若是遇上不动明王大人的三日参拜日午后，回程的人们手上都会拿着筑波根、茧玉、成田山的灯笼、跳着住吉舞的泥人偶等各式各样的玩具，梳着坠型银杏发髻或是裹着印半缠的人头攒动，几条快船划桨的声音交错有致，穿行之间与停泊在一旁的货船打着招呼，顺着平静的潮水顺流而去。那座破烂的木桥上高挂着诸车禁行的牌子，站在桥上倚靠着栏杆眺望着人们那倒映在水中的衣服、玩具、灯笼的颜色时的心境，真是犹如欣赏一幅美丽画卷般清爽舒畅啊。

　　在夏季中洲崎的游廓举行灯笼大会那日，我深夜乘船经过，并有幸目睹了一生难忘的景色。昏暗的火光透过草帘微微漏出，喝醉酒的船夫正赤裸着身子吵着架。沿岸小屋的后窗内坐着一个女人，正摆出撩人的姿态和一个带文身的赤裸男人喝着酒。灯光静谧的食肆二楼不时传出艺伎的歌声，庭院中的老松树枝越过水门的防盗网垂入水面。月儿高挂，仓库屋檐的阴影下，有人唱着新内歌谣走过漆黑的河岸，借着水光可以看见挂着灯笼的车从板桥上经过。望着这样的风景，我的心中涌出一股复杂的情绪，感慨其美丽的同时，又夹杂着一种说不清道不明的哀伤，那时满腔诗情的自己是多么的年轻，多么无忧无虑啊。仅对江户之趣的陶醉就足以让我得到满足，那是何等平和的心态啊。我曾觉得砚友社的艺术是那样的伟大、新颖，也曾因近松还有西鹤的文章带给我无以言表的激荡感情而安心。音波动摇、色彩浓淡、文化薄重，这些事情从未触动过我的神经。从未想到过这些也当被列入艺术范畴之内，亦坚信我永远不会离开日本，日语也永远都是我能够自由发表感情的语言，从未有所怀疑。

然而如今的我，却留着胡子，穿着西服。乘着电车，走过用钢铁铸成的永代桥。我怎能不感叹这时代的剧变呢？

夕阳洒落在停泊着货船桅杆林立的越前堀，并照向更远的方向，水面犹如起了一层耀眼朦胧的迷雾。石川岛如黑影般伫立一旁，总有几条帆船停在那里，阳光洒在船身上，似是为其涂上了一层赤红的油漆。烧炭的浓烟自桥下升腾而起，也会浓浓地缭绕在桥上迟迟不散，唯有这个场景是与过去一模一样的。忽然，我发现这里不知何时居然架起了一座从佃岛一直延伸至深川的长桥，这让我感到大为震惊。堤坝上的矮松，桥上的人影都如同画卷一般清晰可见。我在永代桥的对岸下了车，这里是曾经无人不知的深川大道。拐角的蛤屋里总是坐着豪爽大方的老板娘，曾经那家远近闻名的煎饼店里的那个小姑娘，也不知如今怎么样了。我边走边仔细打量四周，试图找回一度从我的记忆之中消失无踪的那段双十年华。

当然，无论是老板娘还是煎饼姑娘，如今都早已人去楼空了。但是深川大道的光照却是一如既往地让人觉得糟糕，这片土地总会使人感觉到莫名的寒冷。明明无风，松竹摆饰的竹叶却总是沙沙作响。那面历史悠久的"深川座"之旗也同过去一般孤零零地立在街角，这熟悉的景象让我仿佛回到了十年前，甚至忘了脚下的大道早已被翻新拓宽过。

我走过了一座突然忘了名字，又怎么都想不起来的板桥。左拐走进一条小路后，我看见许多手巾被挂在半空中，就像一面面小小的旗帜。蓝、黑、橙的色彩配比，在这个颜色单调的偏僻小镇中显得格外引人注目。我立刻想起那应该就是深川有名的不动明王神社，于是毫不犹豫地继续往下走去。

神社门前有一条狭窄的沟渠，上面架着一座石桥，穿过写有"内阵，新吉原讲"几个金色大字的铁门后，笔直的石板大道两旁就出现了几片相连的茶屋暖帘和许多奉纳手巾，十分醒目。从内侧的石阶慢慢走上去，可以看到沐浴着夕阳也依旧漆黑庄重的本殿屋顶。参拜者三三两两，络绎不绝，上下通行的石阶下摆放着算命桌，还有两三个兜售筑波根的小摊。旁边站着许多大人小孩，我好奇地走近一看，原来是一位光头老人正敲着木鱼说阿呆陀罗经①。阿呆陀罗经老人的旁边蹲着一个抱着三味线的盲眼男人，乱糟糟的头发因落满灰尘而变成了灰色。他发现三四个方才停在这里听阿呆陀罗经的参拜者脚下已经响起了沙沙的沙石摩擦声，他知道那是听腻了准备离开的信号，于是连忙从怀中摸出橡树拨片，找准调门便立刻拨弦弹了起来，他的喉间响起了低哑的嗓音：

"秋——夜——"

他一开口便是一个长音，与此同时，灰蒙蒙的眼白微微动了动，紧接着便昂头歪脖摇晃了起来。

"夜——啊——"

他继续嘶哑地唱道。他的手未曾碰到过一弦，不过唱腔倒是十分正宗，有一种山手区的艺伎根本唱不出来的韵味。这让我不仅感到怀念，更是对他生出了无比的尊敬，便下意识地仔细端详起男子的脸来。

他看上去并不是很老，应该是生于明治时代的人。尽管毫无依据，但我总觉得男人的盲眼或许并非先天原因。至少他在小学时应该学过一些地理或者数学，甚至在过去的小学制度下，若上的是高等小学，或许还学过一些基本的英语。然而，自江

---

① 阿呆陀罗经，（江户时期）讽刺时事的俚谣。

户传来的兴趣爱好终究是与由九州的区区走卒所经营的低俗无章的"明治"截然不同，从而家道中落甚至双目失明，最终沦落到了如今这种悲哀的境地，只得以曾经在辉煌时代聊作娱乐的技艺为生。那双曾在昔日里因戏院茶馆的拥挤、比赛席上的红毛毡、祭典上的万灯花笠而迷醉的双眼，因为永远失去了光芒，反而不知那抬头就看见丑陋的电车电线以及毫无内涵的西洋建筑时的不幸。好吧，或许即便他看见这些，像这样的江户子弟也是体会不了如我们近代人这般强烈的嫌恶和愤怒，也不会因无法纾解烦闷而生出痛苦。江户的人已经习惯了不做坚持，他们甚至一扭头就开始嘲笑前一刻的自己。

高音三弦频繁地响起。盲人一边唱着"啊——"的音，一边微微伸出皱着眉头的脸。

"钟声——回荡——"

唱到最高音时，他深知自己的嗓音驾驭不了，便巧妙地以假音略过。

夕阳自左边的梅林斜照而来，打在盲人的侧脸上。他蹲坐在地上的影子被拉得长长的，映射在石墙之上，看起来那么的单薄。石墙上的每一块石头上都用红色的字体篆刻了奉纳之人的姓名。艺伎、演员、救火队员、戏院的打杂、赌徒，都是一些和近世社会毫无关联的人。

蓦然回望，梅林公园外的那片低矮民家屋顶上，西边的天空中绵延着一片长长的暗绀色云层，宛如一堵厚厚的浮墙，落日似乎拼尽全力般燃烧着，鲜红如血，但天色却极其黯淡，那是一种动人心魄的悲壮之美。西沉的太阳大约是要隐入早稻田的森林，或是本乡之丘吧。我距离东洋的拉丁区是何等之遥远啊。盲人唱完了一曲后，复又接着唱道："深夜里的疲惫——"

我很想就这样永远地、永远地驻足在迷信灵境的本堂石墙下，沐浴着深川的夕阳，聆听着歌泽的端呗①。一想到很快就要越过永代桥返回嘈杂低俗的市区，我就觉得足下如有千斤重，心里更是千般万般的不愿。我甚至萌生了一种想要如那位生于明治却追慕江户的诗人斋藤绿雨一般就此毁灭的想法。

啊！可我不得不回去啊，这就是我的命运。越过河川和运河，登上坡道，遥远的大久保之森里，我书房里的书桌上，瓦格纳画像下，还有一卷看了一半的尼采之诗《苏鲁支语录》，正静静地等着我回去……

明治四十一年② 十二月作

---

①端呗，三味线音乐的一种类型。 为三味线伴奏的短歌（短篇歌曲），江户后期到幕府末期流行于江户地区。
②公元 1908 年。

永井荷风年谱

明治十二年（1879 年）

十二月三日，永井荷风出生于东京市小石川区（现文京区）金富町四十五号，名为壮吉。其父久一郎是尾州藩士永井匡威的长子，师从鹫津毅堂学习儒学，又师从森春涛学习诗词，作为汉诗人闻名于世，号禾原、来清；明治四年赴美国普林斯顿大学留学；历任文部省会计局长，日本邮船株式会社上海、横滨分社长。其母阿恒为鹫津毅堂的次女。荷风有一姐二弟，姐姐早逝，二弟名为鹫津贞二郎，三弟名为永井威三郎（明治二十年十一月出生）。

明治十六年（1883 年）四岁

二弟贞二郎出生，荷风被寄养在下谷区竹町的鹫津家中。

明治十七年（1884 年）五岁

通过鹭津家进入御茶水女子高等师范学校附属幼儿园。

明治十九年（1886 年）七岁

回到小石川老家，进入黑田小学普通科学习。

明治二十二年（1889 年）十岁

进入东京府普通师范附属小学高等科学习。

明治二十三年（1890 年）十一岁

其父从帝国大学秘书调任至文部大臣秘书时，举家搬迁至长田町的官邸。荷风进入神田锦町东京英语学校就读。

明治二十四年（1891 年）十二岁

因其父调任文部省会计局长，回到小石川本家。进入神田一桥高等师范学校附属普通中学就读二年级。

明治二十六年（1893 年）十四岁

移居至麴町区（现千代田区）饭田町三丁目繇之木坂下。

明治二十七年（1894 年）十五岁

移居至麴町区一番町四十二号。师从冈守节学习书法。

明治二十八年（1895 年）十六岁

一月感染流行性感冒，一直卧床到三月底。四月，转院到小田原的足柄医院治疗；七月回到东京。

明治二十九年（1896 年）十七岁

师从岩溪裳川学习作汉诗；师从荒木竹翁学习尺八。

明治三十年（1897 年）十八岁

二月，在吉原游玩。三月，初中毕业。父亲辞去会计局局长一职，担任日本邮船株式会社上海分社长。九月，和家人一起前往上海。十一月，随母亲和弟弟回国，进入东京高等商业学校附属外国语学校汉语科学习。

明治三十一年（1898 年）十九岁

二月，在《桐阴会杂志》上发表《上海纪行》。九月，携处女作《帘中月》拜访广津柳浪，成为其门下弟子。

明治三十二年（1899 年）二十岁

三月，成为落语家朝寐坊的门生，并取名三游亭梦之助，每晚出入曲艺场。此外，还练习清元、舞蹈、尺八，因未参加毕业考试被外国语学校开除。五月，在《烟草杂志》上以广津柳浪的名义发表了《三重襷》。六月,《花笼》获《万朝报》小说征集活动一等奖并发表。八月《弦月》获《万朝报》小说征集活动二等奖并发表。十月,分别以荷风、柳浪合著名义在《文艺俱乐部》上发表了《薄衣》,在《伽罗文库》上发表了《夕蝉》。同年,经中国人罗卧云(号苏山人)介绍,结识了严谷小波,并成为木曜会的会员。

明治三十三年(1900年)二十一岁

一月,《烟鬼》作为小说征集活动特别奖在《新小说》(临时增刊号初日之初)上发表。《染浊》在《善恶草》上发表。四月,《暗夜》入选《新小说》小说征集活动奖。五月,《四叠半》在《若草》上发表。六月,经榎本虎彦介绍,成为福地樱痴的门生,并成为歌舞伎座狂言见习作者;在《善恶草》上发表了《胧月》;在《文艺俱乐部》上发表了《纳发》。八月,其祖父匡威去世;在《文艺俱乐部》上发表了《青帘》。九月,在《关西文学》(即改版后的《善恶草》)上发表了《花落夜》。十二月,在《活文坛》上发表了《邻座敷》(后改名为《庭之夜露》);在《文艺俱乐部》上发表了《拍子木物语》。

明治三十四年(1901年)二十二岁

三月,在《文艺俱乐部》上发表了《小夜千鸟》,在《活文坛》

上发表了《樱之水》。五月，福地樱痴离开歌舞伎座，出任《日出国新闻》报社总编辑，荷风也加入该报社，成为杂志栏的助手。后在该报纸上连载了《梅历》，但由于不受欢迎，五月中断连载。八月，在《文艺俱乐部》上发表了《草莓的果实》。九月，被报社解雇，立志到晓星学校的夜校学习法语。

明治三十五年（1902 年）二十三岁

一月，翻译左拉的《冰夜》在《白鸠》发表。四月，《野心》作为新青年小说丛书的第一卷由美育社出版；在《饶舌》上发表翻译作品《左拉的故乡》。六月《暗之呼唤》在《新小说》上发表。九月，《地狱之花》由金港堂出版，稿费七十五日元；移居大久保余丁町七十九号。十月，在《文艺界》发表《新任知事》。

明治三十六年（1903 年）二十四岁

一月，经市村座介绍首次结识了森鸥外。五月，《梦中女》由新声社出版。七月，在《新小说》上发表《夜心》；在《大阪每日新闻》上连载翻译左拉的《恋与刃》至八月完结。九月，翻译左拉的《娜娜》由新声社出版；二十二日，乘坐信浓丸号前往美国。十月，到达塔科马，进入高中学习；在《文艺界》上发表《隅田川》。十一月，《恋与刃》由新声社出版。

明治三十七年（1904 年）二十五岁

四月和五月，在《文艺俱乐部》上分别了发表《船室夜话》（后改名为《船房夜话》）和《舍路港的一夜》。十月，移居圣路易斯。十一月，进入密歇根州卡拉马祖学院旁听。

明治三十八年（1905 年）二十六岁

六月，移居纽约。在《文艺俱乐部》上发表了《冈上》。七月，作为勤杂工到日本驻华盛顿公使馆居住，并认识了妓女伊迪丝（音译）。十一月，回到卡拉马祖。十二月，以临时工的身份进入正金银行纽约支行。

明治三十九年（1906 年）二十七岁

二月，在《太阳》发表《强弱》（后改名为《牧场的路》）。十月，在《文艺俱乐部》发表《长发》。对法国的憧憬与日俱增。

明治四十年（1907 年）二十八岁

六月，在《太阳》上发表《雪之宿》。七月，在父亲协助下，进入法国里昂的正金银行支行工作。

明治四十一年（1908 年）二十九岁

三月，难以忍受银行的工作，辞职去了巴黎。前往英国，后经由香港于七月回到日本。八月,《美利坚物语》由博文馆出版。十月,在《新潮》上发表《ADIEU》(法语,告别)(后改名为《巴黎之别》)。十一月,在《早稻田文学》上发表《蛇的利用》。十二月,在《新小说》上发表《成功之恨》(后改名为《再会》)。

明治四十二年(1909 年)三十岁

一月,在《中学世界》上发表了《狐》,在《新潮》上发表了《祭夜谈》。二月在《趣味》上发表了《深川之歌》。三月在《早稻田文学》上发表了《狱中》;博文馆出版了《法兰西物语》,但在申请出版时被禁止发售。四月,在《新文林》上发表《译诗两首》。五月,在《中央公论》上发表《祝酒杯》、在《新潮上》发表《春天来临》。七月,在《新小说》上发表《欢乐》,在《中央公论》上发表《牡丹客》、在《昴》上发表译诗《恶之花》;九月,在《昴》上发表三首译诗。《欢乐》由易风社出版,被禁止发售。十月,《荷风集》由易风社出版;在《中央公论》上发表《归国者日记》(后改名为《新归国者日记》)。十二月,在《新小说》上发表《隅田川》;《冷笑》在《东京朝日新闻》上连载,次年二月完成。同年,他结识了滨町的妓女藏田,夏天过后结识了新桥的妓女——藏田新翁家的富松(吉野浩)。

明治四十三年(1910 年)三十一岁

一月,在《中央公论》上发表《假寐之梦》。二月,庆应义塾大学文学部改革之际，经森鸥外、上田敏推荐，出任文学部教授；在《屋上庭园》上发表《西班牙料理》。五月，主持的《三田文学》创刊，《喝过红茶之后》自此陆续连载，于次年十一月完结；《冷笑》由佐九良书房出版。九月，戏曲《平维胜》在《三田文学》上发表。这一年，荷风几乎每个月都在《三田文学》上发表雷尼尔和诺瓦耶的诗歌译文。结识了新桥的艺伎巴家八重次。

明治四十四年（1911 年）三十二岁

一月《秋别》，二月《下谷之家》，三月《灵庙》，八月《不眠夜的对话》(后改名为《短夜》），九月、十月、十二月《意大利新晋女作家》在《三田文学》发表。

明治四十五年（1912 年）三十三岁

一月，在《中央公论》上发表《暴君》(后改名《烟》）；在《三田文学》上发表戏曲《病叶》。三月，在《朱栾》上发表《姜宅》；在《三田文学》上发表《若旦那》(后改名为《色男》）。四月，在《中央公论》上发表《感冒的感觉》；在《三田文学》上发表了《浅濑》；六月、七月在《三田文学》上分别发表了《名花》《松叶巴》。九月，与木材商人斋藤政吉的次女结婚。十一月，《新桥夜话》由籾山书店出版。十二月下旬，与八重次在箱根塔之泽游玩时，其父因脑溢血昏迷不醒，不知荷风所在。

大正二年（1913 年）三十四岁

一月二日，其父去世。在《三田文学》第三、第四号上连载了《剧作者之死》（后改名为《散柳窗的晚霞》）。二月，以父亲去世为契机，与妻子离婚。四月，《珊瑚集》由籾山书店出版。五月、六月，在《三田文学》上发表了《父恩》。九月，《大洼记》（后改名为《大洼与里》）在《三田文学》上连载，次年七月完成。十二月，在《三田文学》上发表了《恋衣花笠森》。

大正三年（1914 年）三十五岁

一月在《中央公论》发表《浮世绘鉴赏》，七月在《三田文学》发表《浮世绘与江户演剧》。八月，在征得其母同意后，请市川左团次夫妇做媒，正式与八重次（金子）结婚。在《三田文学》连载《晴日木屐》，并于次年六月完成。

大正四年（1915 年）三十六岁

一月，《夏姿》由籾山书店出版，却被立即禁售。二月与妻子离婚。五月，移居至筑地一丁目。于籾山书店出版了《荷风杰作抄》。

大正五年（1916 年）三十七岁

一月，移居至浅草旅笼一町十三号米田处。一月、二月，在《三田文学》上发表《花瓶》。三月，辞去庆应义塾大学教授职务，停止编辑《三田文学》。四月，与籾山庭后、井上哑哑等人共同创办杂志《文明》。七月，回到大久保洋町的家，将六叠大的正门命名为断肠亭。八月，在《文明》上连载《竞艳》，次年十月完成。十二月，与米田断绝联系。同年，结识了神乐坂的妓女中村。

大正六年（1917 年）三十八岁

一月，在《文明》上发表了《爱慕狐》（后改名为《旅姿思挂稻》）。四月，在《文明》上连载《西游日志》（后改名为《西游日志抄》），七月完成。九月，搬至木挽町九丁目居住，并将自己的房子命名为无用庵。十二月，通过十里香馆私人出版了《竞艳》（限量五十部）。停止《文明》的编辑工作。

大正七年（1918 年）三十九岁

一月，由籾山书店出版《断肠亭杂稿》。在《中央公论》发表了《龟竹》。三月，在《三田文学》上发表《姑妄写之》。五月，与井上哑哑、久米秀治等人共同创办文艺杂志《花月》；并在《花月》上连载《龟竹》的续稿，十一月完成。十一月、十二月，在《花月》上发表《禾原先生游学日志》；由春阳堂出版《荷风全集》（全六卷），大正十年（1921年）出版完结。十二月，卖掉了余丁町的房子，移居至筑地二丁目三十号。

大正八年（1919年）四十岁

五月，在《三田文学》上发表了《断肠亭尺牍》；十二月在《改造》上发表了《花火》。

大正九年（1920年）四十一岁

三月，由春阳堂出版《江户艺术论》。五月，在麻布市兵卫一町六号建起新居，并将涂漆的区域命名为偏奇馆。九月，在《新小说》上发表《一百二十日》。十月，在《新小说》上连载《偏奇馆浪漫录》，次年三月完结。

大正十年（1921年）四十二岁

三月，在《新小说》上发表《雨潇潇》。七月，戏曲选集第十二卷《三柏叶树头夜岚》由春阳堂出版。

大正十一年（1922年）四十三岁

二月，在《明星》上发表《早春》。三月，春阳堂出版戏曲集《秋别》。《积雪消融》在《明星》上发表。六月，《两个妻子》

在《明星》上陆续连载，并于次年一月完结。十二月，《隐居琐谈》在《明星》上发表。

大正十二年（1923 年）四十四岁

三月，《耳无草》在《女性》上陆续连载，并于次年一月完结。

大正十三年（1924 年）四十五岁

二月，在《女性》上连载《下谷之话》（后改名为《下谷丛话》），七月完成。四月至五月，在《苦乐》上发表《猥谈》（后改名为《桑中喜语》）。九月，《麻布杂记》由春阳堂出版。

大正十四年（1925 年）四十六岁

二月，在《女性》上发表《卷发》（后改名为《弄卷发》）。六月，春阳堂再版《荷风全集》（全六卷），于昭和二年（1927 年）完成。

大正十五年（1926 年）四十七岁

四月，春阳堂出版《荷风文稿》。七月，在《苦乐》上发表《出租房的女人》。

昭和二年（1927 年）四十八岁

六月，《荷风随笔》在《中央公论》上连载，次年三月完结。七月，由春阳堂出版明治大正文学全集《永井荷风篇》。九月，由改造社出版现代日本文学全集《永井荷风集》。

昭和三年（1928 年）四十九岁

三月，改造社出版《新撰永井荷风集》。

昭和四年（1929 年）五十岁

二月，《单相思》在《中央公论》上发表。

昭和五年（1930 年）五十一岁

十二月，《梦》脱稿。该作一直秘而不宣，直到昭和二十七年（1952 年）四月在《中央公论》上发表。

昭和六年（1931 年）五十二岁

三月和五月，在《中央公论》上分别发表了《紫阳花》（后改名为《绣球花》）和《榎物语》；八月，在《三田文学》上发表《夜之车》。十月在《中央公论》上发表《梅雨前后》。

昭和八年（1933 年）五十四岁

该年，结识私娼黑泽。

昭和九年（1934 年）五十五岁

八月，在《中央公论》上发表《背阴之花》。

昭和十年（1935 年）五十六岁

四月，由偏奇馆私人出版了《冬之蝇》。

昭和十一年（1936 年）五十七岁

四月，青灯社出版《桌边记》。

昭和十二年（1937 年）五十八岁

一月，在《中央公论》上发表《万茶亭的黄昏》（后改名为《作后赘言》）。四月，印制个人书《濹东绮谈》，并在《东京、大阪朝日新闻》上连载，六月完成。九月，其母阿恒去世。自十一月左右，经常前往浅草，开始出入歌剧院等场所。

昭和十三年（1938 年）五十九岁

二月、四月，在《中央公论》上分别发表《面影》和《女佣的话》；五月在《新喜剧》上发表《葛饰情话》。

昭和十六年（1941 年）六十二岁

四月、五月，在《中央公论》上发表《杏花余香》。七月至八月，执笔写下《为永春水》。

昭和十七年（1942 年）六十三岁

三月，《浮沉》脱稿。十二月，执笔创作《勋章》。

昭和十九年（1944 年）六十五岁

二月，《舞女》脱稿；四月《来访者》脱稿；十一月，《自言自语》脱稿。

昭和二十年（1945 年）六十六岁

三月十日清晨，偏奇馆被空袭摧毁，前往在原宿的表弟杵屋五叟处避难。四月，移居东中野文化公寓。五月，再次受灾，前往驹场避难。六月，去往冈山，受灾。九月，寄居在热海和田滨的木户处。十一月，《不打自招》脱稿。

昭和二十一年（1946 年）六十七岁

一月，寄居在千叶县市川市菅野杵屋处；在《展望》上发表《舞女》，在《新生》上发表《勋章》，在《中央公论》上发表《浮沉》。二月，在《人间》上发表《为永春水》。三月，在《新生》上连载《战灾日记》(后改名《罹灾日记》),六月完成。七月,在《展望》上发表《不打自招》,后由扶桑书房出版。

昭和二十二年（1947年）六十八岁

一月,寄居在市川市菅野的小西茂也处。十月,在《中央公论》上发表《木樨花》。

昭和二十三年（1948年）六十九岁

二月,细川书店出版《荷风句集》。三月,中央公论社出版《荷风全集》(全二十卷),在《荷风全集》(附录第一号)上发表了《葛饰土产》(其一)。五月,在《中央公论》上发表了《苦心》。十一月,筑摩庄坊出版《偏奇馆吟草》。十二月,在市川市菅野——二四地区购房并搬入。

昭和二十四年（1949年）七十岁

四月,在《小说世界》上发表《停电之夜事变》。五月,中央公论社出版《杂草园》。六月,在《中央公论》上连载《断肠亭日乘》,次年八月完成。十月,在《中央公论》(文艺特辑号)上发表《人妻》。

昭和二十六年（1951年）七十二岁

一月，创元社出版《永井荷风作品集》（全九卷）。

昭和二十七年（1952年）七十三岁

十一月，被授予日本文化勋章。十二月，在《中央公论》上发表了《异乡之恋》（收录于禁售的《法兰西物语》）。

昭和二十八年（1953年）七十四岁

一月，《荷风战后日记》在《中央公论》上陆续连载，并于七月完结。三月，《漫谈》在《中央公论》上发表。九月，中央公论社出版《永井荷风文库》（全十卷）。

昭和二十九年（1954年）七十五岁

一月，成为日本艺术院会员。二月，中央公论社出版《裸体》。三月，《吾妻桥》在《中央公论》上发表；四月，《浅草交响曲》在《SUNDAY 每日》上发表。

昭和三十年（1955年）七十六岁

一月《变心》、三月《黄昏时》、五月《表里》、十一月《水流》，分别在《中央公论》上发表。

昭和三十一年（1956年）七十七岁

一月，《袖子》在《中央公论》连载。三月，《葛饰历》在《每日新闻》连载，四月完成。五月，《男人心》在《中央公论》上发表。

昭和三十二年（1957年）七十八岁

《夏夜》和《冬日影》分别于当年度的一月和九月在《中央公论》上发表。

昭和三十三年（1958年）七十九岁

四月、十月，《十年前的日记》在《中央公论》上发表。十一月，东都书房出版《永井荷风日记》（全七卷），次年五月完成。

昭和三十四年（1959年）八十岁

一月，随笔《向岛》在《中央公论》上发表。四月三十日凌晨因胃溃疡突然死亡，后被女佣发现。他最后的日记写着"四月二十九日，祭日。阴"。五月二日，朋友在他家中举行了佛教告别仪式，并将他安葬在丰岛区杂司谷的永井家墓地。《荷风全集》（全二十八卷）于昭和三十七年（1962年）十二月由岩波书店出版，昭和四十年（1965年）八月完成。